Jennifer Birkenkamp

NORNHIE

Und die Ausbildung beginnt...

Oktober 2020

© 2020 Birkenkamp, Jennifer
Herstellung und Verlag: BoD – Books on Demand,
Norderstedt
ISBN: 9783751973311

Für meine geliebte Tochter, die jeden Tag zu etwas ganz Besonderem macht und mich immer wieder neu inspiriert.

Der Besuch

Es ist ein sommerlicher Tag in dem kleinen Dorf Rusville. Im Haus Nummer 5 in der Straße Ravens, spielen die Kinder der Familie Rimbach im Garten.

>>Ich zähle bis zehn und dann suche ich euch<<, sagt George und fängt an zu zählen.

George ist das älteste der fünf Kinder der Familie Rimbach. Er hat schwarzes kurzes Haar und ist 15 Jahre alt. Seine anderen vier Geschwister, die dreizehnjährigen Drillinge Jolie, Jonas und Bobby sowie Emily, mit zwölf Jahren die Jüngste, laufen umher und suchen sich jeweils ein Versteck. Emily läuft schnell ins Haus und versteckt sich im Bad, in der Hoffnung, dass ihr Bruder sie hier nicht findet und sie von allen das beste Versteck hat.

Emily hat kurze, dunkelblonde, gelockte Haare. Sie trägt meistens eine Klammer im Haar, damit sie ihr nicht ins Gesicht fallen. Zudem hat sie tiefblaue Augen, die, im Gegensatz zu dem Rest ihrer Familie, sehr herausstechen.

George hat aufgehört zu zählen und fängt an, die anderen zu suchen. Schnell findet er Jolie, Jonas und Bobby im Gartenhaus. Es war kein Hexenwerk für ihn, sie zu finden, da sie sich häufig immer das gleiche Versteck suchen. Dann macht er sich auf die Suche nach Emily.

Nachdem er sie im Garten nicht finden kann, geht er ins Haus und sucht zunächst in der unteren Etage nach ihr. Emily hört, wie er die Treppe ins Obergeschoss nach oben steigt. Das Bad, in dem sich Emily versteckt, liegt direkt gegenüber der Treppe.

Emily ist ganz aufgeregt und entfernt sich einen Schritt von der Badezimmertür, als sie plötzlich gegen den Badezimmerschrank stößt. Auf diesem befindet sich ein Zahnputzbecher, der sofort anfängt, sich zu drehen und beinahe herunterfällt.

»Wenn er jetzt fällt«, denkt Emily, »dann hört George das bestimmt und wird mich dann direkt finden!« Sie hört, wie George immer näher zum Badezimmer kommt.

»Psst, sei bitte leise. Sonst findet er mich«, flüstert Emily dem Becher zu.

Plötzlich bleibt der Becher in der Drehbewegung stehen. Emily ist total überrascht. Was war denn das? Kann es sein, dass sie mit dem Becher sprechen kann? Oder kann sie ihn beeinflussen? Sie schaut sich diesen jetzt genauer an. Er steht wirklich auf einer Ecke, so als hätte jemand die Zeit angehalten.

»Was für ein Quatsch. Das ist einfach nur Glück, dass er nicht umgefallen ist«, denkt sie sich und stellt den Becher leise hin, damit er nicht doch noch umfällt. Schnell versteckt sie sich unter dem Wäscheständer.

George will gerade die Badezimmertür öffnen, als es plötzlich an der Tür klingelt. Er lässt von der Tür ab und geht wieder die Treppen herunter, um zu schauen, wer geklingelt hat.

Emily ist wie immer sehr neugierig und kriecht aus ihrem Versteck hervor, um ebenfalls zu schauen, wer da zu Besuch kommt.

Auf dem Weg ins Erdgeschoss, setzt sie sich auf die Treppe und hört, wie ihre Eltern jemanden an der Tür herzlich begrüßen und hereinbitten.

>>Hallo Charlotte, Hallo Rudolf. Gut seht ihr aus. Ich habe bereits drei eurer Kinder im Garten gesehen. Die sind wirklich schon sehr groß geworden.<<

>>Ja, das sind sie wirklich<<, antwortet Charlotte, Emilys Mutter, dem Herrn an der Tür.

Charlotte ist eine sehr liebenswürdige Mutter. Sie hat rotbraune Haare und ist Hausfrau, um sich immer bestens um ihre Kinder kümmern zu können. Emilys Vater,

Rudolf, ist Geschäftsmann bei einer großen Versicherungsagentur. Er trägt immer gerne einen Anzug, auch am Wochenende.

Emily weiß gar nicht, ob sie ihn jemals ohne Anzug gesehen hat. Sie muss kurz schmunzeln, als sie ihn wieder in einem schwarzen Anzug an der Tür stehen sieht, obwohl er am heutigen Samstag gar nicht arbeitet.

Sie möchte den Mann an der Tür unbedingt sehen, aber ihre Eltern versperren ihr die Sicht. Sie kann nur erkennen, dass dieser sehr helle Kleidung und einen großen, weißen Hut trägt.

>>Charlotte, Rudolf, ich bin aus einem äußerst wichtigen Grund hier und ich muss dringend mit euch sprechen!<<

>>Natürlich. Komm doch gerne rein. Wir gehen besser in die Küche, dort können wir ungestört reden<<, sagt Rudolf mit verständnisvoller Stimme.

Schnell verschwinden Charlotte, Rudolf und

der geheimnisvolle Mann in der Küche.

>>Da bist du ja!<< George steht plötzlich neben Emily.

Emily erschreckt sich kurz, fängt dann aber an zu lachen.

>>Ich hatte ein super Versteck und du hast mich nicht gefunden.<<

>>Ich wurde einfach nur gestört von der Türklingel, sonst hätte ich dich bestimmt noch gefunden!<<

>>Das glaube ich nicht. Sag mal, George, weißt du, wer das ist, der mit Mama und Papa spricht?<<

>>Nein, keine Ahnung. Der Typ ist total komisch. Ich habe ihm die Tür aufgemacht und er kannte sogar meinen Namen. Ich kann mich aber nicht daran erinnern, dass ich ihn jemals gesehen habe. Naja, er wollte eben Mama und Papa direkt sprechen und meinte, es sei total wichtig. Keine Ahnung. Aber Erwachsene machen manchmal ja immer ein großes Ding aus etwas, was dann

später gar nicht so wichtig ist. Komm, lass uns lieber weiterspielen. Die anderen warten schon im Garten.<<

>>Ich komme gleich nach. Geh ruhig schon mal vor!<<

>>Okay, wie du meinst!<< George rennt wieder zurück zu den anderen in den Garten.

Emily hingegen möchte aber unbedingt wissen, wer der Besuch ist. Sie schleicht sich zur Küche und lauscht an der Tür.

>>Es ist wirklich wichtig, dass sie mit mir kommt. Wir versuchen im Moment alle sechs Kinder zu finden, um sie mit uns zu nehmen. Wir befinden uns in einer Notlage und nur die Kinder können uns noch helfen, da sind sich die Wissenden einig. Sonst ist alles verloren! Die Kinder wissen nichts von ihren Fähigkeiten. Daher müssen wir sie erst darin ausbilden, bevor sie diese richtig einsetzen können. Und jetzt ist es an der Zeit. Wir können nicht

länger warten!«

»Aber sie ist doch noch so jung! Sie kann doch nicht für so lange Zeit wegbleiben! Sie braucht uns doch! Was ist, wenn ihr etwas passiert?«, fragt Charlotte aufgeregt.

»Wir wussten ja, dass es irgendwann soweit sein würde. Sie werden bestimmt gut auf sie Acht geben«, versucht Rudolf seine Frau zu beruhigen.

»Sie wird ja erst einmal ihre Ausbildung beginnen. Der Einsatz ist erst nach erfolgreicher Ausbildung geplant. Vorher wäre es zu gefährlich für die Kinder und wir wollen sie ja auch nicht in Gefahr bringen. Wir möchten nicht, dass unsere letzte Hoffnung auch noch stirbt. Sie wird nach einem halben Jahr immer für sechs Wochen wieder nach Hause kommen. Denn die Liebe der Familien ist für die Kinder ebenso wichtig wie die Ausbildung. Sonst haben auch die Kinder keine Chance.«

>> Gut, aber wie bringen wir es ihr bei? Sie weiß ja noch nichts von alle dem<<, fragt Charlotte.

>>Ich glaube, sie weiß schon mehr, als wir denken.<<

Der geheimnisvolle Besuch schaut zur Küchentür. Charlotte geht zur Tür. Emily erschreckt sich, als sich die Tür öffnet.

>>Emily, was machst du denn hier?<<, fragt Charlotte.

>>Ich … ich … ich wollte nur …<< Emily weiß nicht, was sie sagen soll.

>>Wenn du schon hier bist, dann kannst du auch reinkommen und unseren Besuch begrüßen<<, sagt Charlotte und nimmt Emily an die Hand.

Sie führt sie zum Küchentisch, an dem der Mann mit dem weißen Hut sitzt und einen Kaffee trinkt. Emily sieht ihn jetzt zum ersten Mal richtig. Sowohl sein weißes Gewand als auch sein weißer, großer Hut stechen ihr direkt ins Auge. An seinem rechten Ringfinger trägt er einen Ring mit einem weißen Einhorn. Seine Augen sind tiefblau, so wie ihre eigenen.

Der Besuch steht auf und reicht ihr die Hand.

>>Emily, ich freue mich dich endlich wieder zu sehen.<<

>>Hallo. Kennen wir uns?<<, fragt Emily.

>>Du kannst dich bestimmt nicht mehr daran erinnern, denn du warst bei unserem ersten Besuch noch sehr klein. Bitte entschuldige daher, dass ich mich noch nicht vorgestellt habe. Mein Name ist Erusius Orina.<<

>>Hallo. Ich bin Emily.<< Sie reicht ihm ebenfalls die Hand und schaut die ganze Zeit in seine Augen. Sie sehen ganz genauso aus wie ihre.

>>Setzen wir uns doch alle<<, sagt Rudolf und zeigt auf die leeren Stühle am Küchentisch. Emily setzt sich neben ihre Mutter, damit sie den Besuch besser

beobachten und begutachten kann. Die Neugierde ist ihr in die Wiege gelegt worden und somit kommt sie nicht umhin, den Besuch direkt auszufragen.

>>Was machen Sie eigentlich? Und gerade bei uns? Und warum tragen Sie diese weißen Sachen? Und was meinten Sie eben mit den sechs Kindern? Und …<<

>>Emily, lass unseren Besuch doch erstmal Luft holen<<, sagt Charlotte mit einem Lächeln.

Erusius lacht.

>>Du bist immer noch so neugierig, wie schon damals. Das ist aber auch gut so. Ich trage diese Kleidung, weil diese mich da, wo ich herkomme, beschützt und mir eine Tarnung verleiht. Und ich bin hier, weil ich dich fragen möchte, ob du Lust hast, mit mir eine Reise zu unternehmen. In mein Land. Ich werde dich mit meinen anderen Freunden und Kollegen ausbilden und dir Sachen zeigen, die du nie für

möglich hältst. Du wirst Fähigkeiten bekommen, die dich zum Staunen bringen werden. Zusammen mit anderen auserwählten Kindern, werdet ihr gemeinsam eure unterschiedlichen Fähigkeiten einsetzen, um das Land, aus dem ich komme, zu retten. Aber vorher müsst ihr erstmal ausgebildet werden, bevor ihr das, was unser Land zerstört, hoffentlich besiegen könnt. Sonst wäre das zu gefährlich. Danach werden wir alle zusammen dagegen kämpfen und es hoffentlich besiegen. Aber das wirst du alles noch bei uns lernen. Ich würde mich freuen, wenn du heute direkt mit mir kommen würdest und wir direkt weiterreisen. Wir dürfen keine Zeit verlieren!<<

Emily schwenkt ihren Blick zunächst zu Erusius und dann zu ihren Eltern.

>>Und ihr wisst das auch, dass ich weg soll, um bei einer so verrückten Sache mitzumachen?<<

>>Nein, wir wollen nicht, dass du

weggehst. Bitte verstehe doch, nur ihr sechs Kinder könnt das Land retten. Das ist wirklich wichtig! Wir wussten schon lange, dass es irgendwann soweit sein würde. Aber wir haben es dir zu deinem eigenen Schutz bis heute noch nicht gesagt<<, antwortet Rudolf mit eindringlicher Stimme.

Für Emily klingt das alles unglaubwürdig. Kurzerhand steht sie von ihrem Stuhl auf.

>>Möchtet ihr mal meine Meinung dazu hören? Ich glaube, ihr schaut viel zu viele Actionfilme! Und ich dachte, ich wäre das Kind hier, aber ganz ehrlich, soll das euer Ernst sein? Ich soll einfach mit einem Fremden losziehen ohne euch und dann irgendwas Komisches lernen mit irgendwelchen Fähigkeiten, wo selbst ich nicht weiß, ob ich diese überhaupt besitze? Wisst ihr, wer dieser Eris oder …<<

>>Erusius heiße ich.<<

>>Okay, wer dieser Erusius überhaupt ist? Sorry, aber da mache ich nicht mit! So etwas Verrücktes.<<

Emily läuft aus der Küche und rennt nach oben in ihr Zimmer. Sie schließt ihre Zimmertür und setzt sich auf ihr Bett.

>> Glauben die auch selbst, was die da reden? Irgendwelche Fähigkeiten und ich soll mit dem Verrückten mitgehen. Ich glaube, dieser Erusius hat Mama und Papa eine Gehirnwäsche verpasst. Ne, sorry, das können die gerne allein machen.<<

Plötzlich klopft es an der Zimmertür und Charlotte kommt in ihr Zimmer. Sie setzt sich zu Emily auf ihr Bett.

>>Emily, bitte hör doch mal. Ich bin auch nicht begeistert und ganz ehrlich, ich kann mir jetzt vorstellen, wie du darüber denkst. Du hörst solche komischen Sachen und denkst auch, alle wären verrückt geworden. Ich würde genauso reagieren, wenn ich an deiner Stelle wäre. Aber schau

doch mal, du bist doch ein sehr
hilfsbereiter Mensch. Und in diesem Land
brauchen die Leute deine Hilfe. Und zwar
ganz dringend! Und wenn jemand Hilfe
braucht, dann bist du doch immer für
diejenigen da, oder nicht?<<

Emily nickt.

>>Aber Mama, wie soll ich denen denn
helfen? Ich bin doch nur ein gewöhnliches
Mädchen. Ich habe doch gar keine
Fähigkeiten! Ich glaube, ich bin die
Falsche und nicht die, die er sucht.
Vielleicht irrt er sich ja.<<

>>Die Fähigkeiten, die du hast, wirst du
ja noch lernen. Dir sind doch bestimmt die
blauen Augen von Erusius aufgefallen,
oder?<<

>>Ja. Das war schon sehr gruselig, denn
die sehen genauso blau aus, wie meine.<<

>>Na siehst du. Somit brauchst du keine
Angst zu haben, denn irgendwie gehört er
zur Familie. Ich mache dir einen

Vorschlag. Du gehst nochmal zu Erusius und sprichst mit ihm allein. Und wenn du dann mit ihm gesprochen hast, dann triffst du eine Entscheidung nur für dich, ob du mit ihm mitgehen möchtest oder nicht.<<

>>Na gut, Mama. Aber wenn ich nicht will, ist das dann auch in Ordnung?<<

>>Niemand kann dich zwingen, mit ihm zu gehen. Du hilfst ja keinem, wenn du von dir selbst aus nicht helfen möchtest und deine Fähigkeiten nicht lernst.<<

Charlotte nimmt ihre Tochter in den Arm und drückt sie ganz fest. Emily will ihrer Mutter, aber auch sich selbst, einen Gefallen tun und Erusius nochmal eine Chance geben. Daher geht sie wieder zurück in die Küche, um jetzt mit Erusius allein sprechen zu können. Rudolf, der immer noch bei Erusius in der Küche sitzt, steht von seinem Stuhl auf.

>>Dann lass ich euch mal kurz allein reden.<<

Er gibt Emily einen Kuss auf die Stirn, bevor er die Küche verlässt und die Tür hinter sich schließt, damit Erusius und Emily ungestört reden können. Emily setzt sich an den Tisch gegenüber von Erusius. Sie schaut ihn sich nochmals ganz genau an, seine blauen Augen, die weißen Anziehsachen – alles doch recht merkwürdig, findet sie.

>>Schön, dass du dich doch nochmal entschlossen hat, mit mir zu reden, Emily.<<

>>Das haben Sie eher meiner Mutter zu verdanken, die mir nochmal zugeredet hat. Aber bevor ich selbst eine Entscheidung treffe, ob ich mitkomme oder nicht, möchte ich erst einmal mehr darüber wissen, wohin wir fahren und was ich da machen soll. Und was für Fähigkeiten meinen Sie? Ich habe keine Fähigkeiten!<<

>>Alles kann ich dir hier in eurem Haus nicht beantworten, aber ich kann dir so viel bereits sagen: Wir reisen in ein

Land, wo nichts so ist wie hier. Es ist alles hell. Alle tragen helle Kleidung, so wie ich. Es gibt Einhörner und Wesen, die du noch nie gesehen hast. Wir werden zu einer Burg fahren, in der wir euch ausbilden werden. Das ist noch der einzige Ort, wo ihr sicher seid! Alles andere, bis auf ein einziges Dorf vor den Bergen, wird bereits belagert. Wir müssen gemeinsam versuchen, die anderen Fugis zu retten, bevor es zu spät ist! Ein bisschen Zeit bleibt uns aber noch, die es uns erlaubt, euch noch ausbilden zu können.<<

>>Die Fu… was?<<

>>Die Fugis. So nennen wir die Personen, die in meinem Land und in dem Dorf Fuga leben.<<

>>Und Einhörner? So etwas gibt es doch gar nicht!<<

Erusius lacht.

>>Du wirst dich noch wundern, was es alles gibt, was du nicht dachtest oder nicht

kennst.<<

>>Nun gut, nehmen wir mal an, ich würde das glauben. Aber was für Fähigkeiten soll ich denn haben?<<

>>So genau kann ich dir das nicht sagen, da du dies bei der Ausbildung erst selbst herausfinden musst. Jeder von euch sechs Kindern hat eine unterschiedliche Fähigkeit, die er einsetzen kann. Die Ausbildung wird euch dabei helfen, diese zunächst herauszufinden und dann auch richtig einsetzen zu können. Ich sag es mal so, ist dir in deiner Kindheit bis jetzt vielleicht irgendwas ungewöhnlich vorgekommen, zum Beispiel etwas, das passiert ist, oder eine Situation, die du vielleicht selbst beeinflussen konntest?<<

Emily überlegt kurz und erinnert sich an den Zahnputzbecher von heute im Badezimmer.

>>Naja, aber das war alles einfach nur Zufall. Zum Beispiel ich habe vorhin mit

meinen Geschwistern Verstecken gespielt und ich habe mich im Badezimmer versteckt. Als mein Bruder die Treppe heraufkam, bin ich aus Versehen an den Badezimmerschrank gestoßen, wobei ein Zahnputzbecher beinahe umgefallen wäre! Ich wollte nicht, dass er fällt oder noch lauter wird und habe diesen dann angeschaut und geflüstert, dass er leise sein soll. Und dann blieb er auf einer Kante stehen und hat sich nicht mehr bewegt. Aber das war Zufall! Ein anderes Mal war da ein Hund, der hat einen kleinen Hasen angebellt. Der Hase tat mir total leid, weil der sich aus Angst nicht vom Fleck bewegt hat. In dem Moment habe ich mir gewünscht, dass der Hund doch bitte den Hasen in Ruhe lassen soll und mit dem Bellen aufhört. Kurz darauf war der Hund direkt leise und schaute zu mir, als ob er meine Gedanken lesen konnte. Dann ließ er von dem Hasen ab und ging total lieb weiter, als wäre nichts gewesen! Das fand ich komisch, aber das hat bestimmt nichts mit mir zu tun.<<

Erusius ist erstaunt, als er das hört.

>>Mhmm… deine Fähigkeiten scheinen schon sehr ausgeprägt zu sein. Mehr als ich dachte. Aber Emily, diese Reaktionen der Gegenstände und der Tiere beeinflusst du mit deinen Gedanken. Das ist ein Teil deiner Fähigkeiten, die du auch bewusst einsetzen kannst, wenn du es lernst, damit richtig umzugehen. Das ist kein Zufall.<<

Emily weiß zum ersten Mal nicht, was sie sagen soll.

>>Emily, höre mir zu, ich will dich nicht zwingen, mit mir zu kommen, aber die Fugis brauchen dringend deine Hilfe, sonst werden bald alle sterben! Mein Land wird von dem, ich nenne es mal, Bösen, besetzt werden und auch eure Welt wird später darunter leiden. Somit müssen wir alle retten, nicht nur die Fugis, sondern auch die Menschen. Ich weiß, du kannst dir das jetzt noch nicht vorstellen. Aber vielleicht kann ich dich ja davon überzeugen, wenn du erstmal nur ein halbes

Jahr mitkommst und dir alles anschaust.
Dann kannst du doch immer noch für dich
entscheiden, ob du wiederkommen und helfen
möchtest!<<

Emily überlegt kurz.

>>Mhmm... anschauen kann ich es mir ja.
Neugierig bin ich ja schon ...<<

Emily ist sich trotzdem unschlüssig, ob
sie dem allen einfach so Glauben schenken
kann. Aber wenn es wirklich wahr sein
sollte, dann wäre es schon toll, das alles
mal zu sehen. Besonders die Einhörner,
sollte es die wirklich geben.

>>Okay, ich werde es mir ansehen und dann
nach einem halben Jahr entscheiden, ob ich
weiter mitmache. Ich kann aber nicht
versprechen, dass ich nicht nach einem
halben Jahr nichts mehr damit zu tun haben
möchte. Und ich komme nur mit, weil meine
Eltern Sie wohl kennen und Ihnen
vertrauen! Ich weiß immer noch nicht,
warum, denn, ganz ehrlich, wenn mir jemand

etwas von Fugis und Einhörnern erzählt, dann, Entschuldigung, aber dann denke ich eigentlich, dass dieser jemand nicht mehr alle Tassen im Schrank hat und ganz dringend Hilfe braucht!<<

Erusius lacht und freut sich, dass Emily zumindest erstmal für ein halbes Jahr mitkommen möchte.

>>Das ist eine weise Entscheidung und ich danke dir schon jetzt, Emily.<<

>>Gut, dann fahren wir heute schon los?<<

>>Ja, wir müssen gleich los. Aber du hast natürlich noch Zeit, deine Sachen zu packen und dich von deinen Geschwistern und Eltern zu verabschieden.<<

>>Okay. Dann gehe ich mal in mein Zimmer und packe die Sachen. Ich werde aber eben Mama und Papa noch Bescheid geben, dass ich mitkommen werde.<<

>>Okay. Ich werde so lange hier auf dich warten. Aber Emily, bitte erzähle deinen Geschwistern zu deren Schutz nichts von

dem, was ich dir erzählt habe. Sag ihnen
einfach, du fährst in eine andere Schule
für ein halbes Jahr oder so.<<

>>Na gut, ich denke mir etwas aus. Dann
bis gleich.<<

Emily läuft in ihr Zimmer und packt ihre
Sachen. Sie weiß gar nicht so recht, was
sie einpacken soll. Ein halbes Jahr ist
lang. Ob es da wohl eine Waschmaschine
gibt, um ihre Kleidung zu waschen?

Sie holt ihren großen Koffer aus der
hintersten Ecke ihres Zimmers heraus und
packt Oberteile, Hosen, Unterwäsche,
Schlafsachen, ihr Kuschelkissen,
Waschutensilien und zwei Paar Schuhe ein.
Ein Paar Turnschuhe und ein Paar
Trekkingschuhe, denn man weiß ja nie, was
einen in dem halben Jahr erwartet.
Vielleicht werden sie ja auch mal weite
Wege gehen müssen oder Berge erklimmen.
Emily hat eigentlich gar keine Vorstellung
davon, was sie erwartet, und welche Sachen
sie einpacken soll. Aus diesem Grund packt

sie ihren Koffer einfach mal so, als würde sie in den Urlaub fahren.

Nachdem sie alles eingepackt hat, schließt sie den Koffer und geht zu Charlotte und Rudolf, die im Wohnzimmer auf sie warten.

>>Und, hast du dich entschieden?<<, fragt Charlotte.

>>Ja, ich werde für ein halbes Jahr mitgehen und mir alles anschauen. Wenn es mir nicht gefällt, dann fahre ich nie wieder hin. Ich werde mich erst nach dem halben Jahr entscheiden, ob ich wirklich dabei sein möchte.<<

>>Das ist eine gute Entscheidung. Ich bin stolz auf dich Emily<<, sagt Rudolf und legt seinen Arm um ihre Schultern. Emily nimmt daraufhin Charlotte und Rudolf ganz fest in ihre Arme. Auf der einen Seite ist sie traurig, so lange von ihrer Familie getrennt zu sein, aber auf der anderen Seite ist sie auch neugierig, was sie erwarten wird in dem mysteriösen Land, von

dem ihre Eltern und Erusius ihr erzählt
haben.

Die Reise

Emily steht mit ihrem vollgepackten Koffer an der Haustür neben Erusius. Ihre Eltern und Geschwister stehen ihr gegenüber, um sich noch von ihr zu verabschieden, bevor ihre große Reise beginnt.

Jetzt wird Emily erst einmal klar, wie lang sie von ihrer Familie weg sein wird, denn ein halbes Jahr ist wirklich eine lange Zeit. So lang war sie eigentlich noch nie von ihren Eltern und Geschwistern getrennt. Ihr wird bewusst, wie sehr sie doch alle vermissen wird.

>>Ihr werdet mir alle sehr fehlen<<, sagt Emily und umarmt alle nochmals mit Tränen in den Augen.

>>Du uns auch, mein Schatz<<, antwortet Charlotte. Auch ihr kullern Tränen die Wangen herunter, während sie ihre Tochter fest in den Armen hält. Sie drückt Emily noch Proviant und eine Flasche Wasser in die Hand.

>>Sie wird bei uns auch genug zum Essen und zum Trinken bekommen. Mach dir keine Sorgen, Charlotte. Ich werde auf eure Tochter gut aufpassen, als wäre sie meine eigene<<, sagt Erusius, als er das besorgte Gesicht von Charlotte sieht.

>>Ich verstehe immer noch nicht so ganz, wohin du fährst. Ich dachte, du kennst den Mann gar nicht …<<, flüstert George Emily ins Ohr, während er sie zum Abschied umarmt.

>>Noch nicht, aber ich werde ihn bestimmt noch besser kennenlernen während meiner Ausbildung<<, antwortet Emily.

>>In was für einer Ausbildung denn?<<

>>Ähm … also…<< Emily weiß nicht, was sie darauf antworten soll.

Erusius hat sie ja gebeten, niemanden etwas davon zu erzählen. Rudolf, der direkt neben den beiden steht, bekommt das Gespräch zwischen Emily und George mit.

>>George, ich erkläre dir das später in

Ruhe. Aber Emily muss jetzt so langsam los. Das, was ich dir bereits sagen kann, ist, dass Emily die Chance bekommt, in einem erfolgreichen Team mitzuspielen. Und diese Chance sollte sie sich nicht entgehen lassen.<<

>>In einem Team? In einem Sportteam?<<, fragt George.

>>Ja, so könnte man es auch sagen<<, antwortet Rudolf.

>>Na toll, meine kleine Schwester bekommt so eine Chance und ich warte seit Jahren darauf, dass mich endlich mal jemand entdeckt und ich Fußballprofi werde. Super<<, sagt George entrüstet.

>>Du wirst deine Chance auch noch bekommen, da bin ich von überzeugt<<, sagt Emily und denkt sich, wenn du wüsstest.

>>So, Emily, ich glaube, unser Auto wartet bereits auf uns. Es ist schon sehr spät und wir wollen heute Abend noch pünktlich ankommen. Dann bis in einem halben Jahr,

Charlotte und Rudolf. Habt vielen Dank! Und euch anderen noch einen schönen Tag!<<, sagt Erusius, der jetzt bereits etwas in Eile war. Er öffnet die Haustür und macht sich auf den Weg nach draußen.

>>Dann muss ich jetzt wohl los. Ihr werdet mir alle fehlen!<< sagt Emily mit gemischten Gefühlen.

>>Bis bald, mein Schatz!<<, sagen Rudolf und Charlotte gemeinsam.

Ihre Geschwister winken ihr noch zum Abschied zu, während Emily ebenfalls aus der Tür geht und Erusius folgt.

>>Dann wollen wir mal<<, sagt Erusiu als er Emily aus der Tür herauskommen sieht.

Er geht zu einem weißen Auto und hält Emily die Tür zum Beifahrersitz auf. Man sollte meinen, wenn einer einem etwas von Einhörnern und komischen Wesen erzählt, dann sollte auch das Gefährt, welches einen zu dieser angeblichen Welt fährt, ebenso mysteriös sein, denkt Emily. Aber es ist ein ganz gewöhnliches Auto, welches einfach nur schneeweiß ist, so weiß wie die Sachen, die Erusius trägt.

Das Einzige, was man als Ungewöhnlich bezeichnen könnte, ist, dass auf jeder Autoseite weiß glänzende Flügel aufgedruckt sind.

Emily steigt in das Auto ein. Erusius schließt hinter ihr die Tür und legt ihren Koffer in den Kofferraum. Dann setzt er sich auf den Fahrersitz und fährt los.

Emily schaut sich noch einmal alle Straßen und Geschäfte von Rusville an. Sie fahren auch an ihrer Schule vorbei. Wie sehr wird sie in dem nächsten halben Jahr auch ihre Freunde vermissen. Was würden ihre Eltern den Lehrern erzählen, warum sie nicht mehr zur Schule geht? Oder zumindest erstmal in dem nächsten halben Jahr nicht? Emily stimmt das ein wenig traurig, denn sie konnte sich noch nicht mal von ihren Freunden verabschieden.

>>Und, Emily, worüber denkst du nach? Du kannst mich übrigens auch gern duzen, wenn du magst. Wir werden uns ja jetzt eine Zeit lang täglich sehen und viel Zeit zusammen verbringen<<, sagt Erusius und sieht, wie Emily traurig ihrer Schule hinterher schaut.

>>An meine Freunde und wie ich denen das alles später erklären soll, warum ich nicht in der Schule war. Und warum ich mich nicht verabschiedet habe … Und es wird mir bestimmt auch schwerfallen, das alles dann vor allen zu verheimlichen. Wenn das wirklich so ist, wie du sagst, mit den Einhörnern und so, wie soll ich denn das alles immer für mich behalten? Weißt du, wie schwer das für jemanden wie mich ist, in meinem Alter? Wie soll ich das nur schaffen? Ich meine, ich kann immer noch nicht so ganz glauben, was du mir bis jetzt erzählt hast, bis ich es nicht selbst mit meinen eigenen Augen gesehen habe. Aber wenn es wirklich so sein sollte, wie werde ich das allen nur

verheimlichen können?<<, fragt Emily
nachdenklich und traurig.

>>Wir werden uns schon etwas Gutes
einfallen lassen. Und dass du nur schwer
etwas für dich behalten kannst und immer
sehr neugierig bist, das haben mir deine
Eltern schon erzählt.<<

Erusius lacht.

>>Mach dir keine Gedanken. Und in deiner
neuen Ausbildung wirst du bestimmt auch
neue Freunde finden. Ihr seid immerhin zu
sechst. Und ihr habt alle Fähigkeiten, die
ihr gemeinsam einsetzen müsst, um das zu
erreichen, von dem wir Wissenden hoffen,
dass ihr es schaffen werdet. Aber ich bin
davon überzeugt! Wir wussten bereits vor
Jahren, dass wir etwas tun müssen, um
unsere Welt zu retten. Wir wussten, dass
es irgendwann so kommen würde. Sonst
hätten wir euch ja nicht ausgesucht, dass
ihr mit den außergewöhnlichen Fähigkeiten
geboren werdet.<<

>>Wie, ihr habt uns ausgesucht? Das heißt, ich hätte eine Wahl gehabt, wenn ich schon geboren gewesen wäre, das selbst zu entscheiden, ob ich das wirklich will?<<

>>Nun ja, wenn du bereits geboren gewesen wärst, hättest du keine Fähigkeiten mehr bekommen können. In der Nacht, wo wir das Unheil in der Zukunft sahen, sahen wir auch, dass bald sechs Kinder geboren werden, die später unsere Welt retten könnten. Da ihr aber als Normalmenschliche niemals so gute Chancen gehabt hättet, haben wir euch Fähigkeiten zuerkannt, die ihr aber vor eurer Geburt erhalten habt.<<

>>Das heißt, ihr wisst, welche Fähigkeiten wir haben?<<

>>Nicht so ganz. Wir konnten das leider nicht beeinflussen. Wir wurden gestört von den Robus …<<

>>… von den was???<< Emily ist jetzt sehr hellhörig.

>>Das erkläre ich dir später nochmal in

Ruhe. Wir wollten eure jeweiligen Fähigkeiten beeinflussen, aber da wir gestört wurden bei unserer Zeremonie, ist alles ein wenig aus dem Ruder gelaufen. Wir wollten, dass ihr alle nicht ängstlich seid. Dass ihr stark seid, schnell zu Fuß und schnell lernt, mit euren Fähigkeiten umzugehen. Aber das konnten wir, wie gesagt, nicht mehr beeinflussen.<<

>>Okay. Aber wenn ihr das nicht mehr beeinflussen konntet, seid ihr denn sicher, dass wir auch alle sechs die Fähigkeiten wirklich erhalten haben? Nicht, dass ihr uns jetzt hier mitnehmt und wir haben gar keine Fähigkeiten, weil damals was schiefgelaufen ist. Und dann setzt ihr uns diesen komischen Typen aus. Das ist ja total gefährlich!<<

>>Wir werden euch nicht einfach den Robus aussetzen. Deswegen möchten wir euch ja zuerst ausbilden. Leider kann ich dir nicht genau sagen, ob jeder von euch seine Fähigkeiten erhalten hat. Das werden wir

erst in der Ausbildung herausfinden. Aber aufgrund der Dinge, die du mir von dir und deinen Erfahrungen mit dem Hund und so weiter erzählt hast, bin ich mir sicher, dass du die für dich richtige Fähigkeit erhalten hast.<<

>>Für mich klingt das alles komisch!<< Emily verschränkt ihre Arme ungläubig vor der Brust.

>>Wenn ich an deiner Stelle wäre, würde ich das auch erstmal alles nicht glauben können. Aber du wirst noch sehen, was ich meine. Besonders wenn wir angekommen sind und du das alles zum ersten Mal siehst.<<

>>Eine Frage habe ich aber noch …<<, sagt Emily.

Erusius lacht.

>>Das habe ich mir schon gedacht, dass du noch eine Frage hast, denn deine angeborene Neugier ist zum Beispiel auch eine Fähigkeit, die du zu deiner Geburt erhalten hast. Diese Fähigkeit ermöglicht

es dir aber auch, weniger Angst vor allem zu haben, weil fast immer deine Neugier überwiegt.<<

>>Seit wann wissen das meine Eltern? Habt ihr sie vorher gefragt, bevor ihr sowas Komisches mit mir gemacht habt?<<

>>Nein, das konnten wir nicht. Dafür war erstmal keine Zeit mehr, da die Geburten kurz bevorstanden. Und zweitens hatten wir keinen Einfluss darauf, welche Kinder ausgewählt werden. Wir konnten nur ein wenig mit den Fähigkeiten zu eurem und natürlich unserem Schutz nachhelfen. Ihr wärt so oder so ausgewählt worden. Nur hatten wir Angst, dass ihr ohne die Fähigkeiten keine Chance haben würdet.<<

>>Wer hat uns denn auserwählt?<<

>>Wir sagen dazu, es ist eine Bestimmung, eine höhere Gewalt. Wir wurden durch einen Koba darüber informiert, dass ihr bald geboren würdet.<<

>>Über einen was? Also du sprichst

wirklich in Rätseln. So komische Namen…<<

>>Kobas sind, ich sag mal, hellleuchtende Wesen, die nur zu uns Wissenden kommen, wenn etwas wirklich Entscheidendes passiert. Egal ob Gutes oder Böses. Sie haben die Fähigkeit, in die Zukunft zu blicken. Sie können aber auch die Gegenwart sehen, ohne da zu sein. Wie erkläre ich dir das am besten … zum Beispiel jetzt gerade sehen sie uns, wie wir auf dem Weg nach Nornhie sind. Sie wissen, dass es jetzt an der Zeit ist, euch auszubilden. Sie warnen uns, wenn Gefahr in naher Zukunft droht, sodass wir noch schnell versuchen können, eine Lösung zu finden.<<

Erusius biegt in eine Landstraße ein, die in einen Wald führt. Rusville liegt bereits weit hinter ihnen. Emily blickt nochmal kurz zurück, möchte dann aber von Erusius noch mehr wissen.

>>Nun gut, also diese Kobolde…<<

>>Kobas sind das. Kobolde gibt es nur im Märchen<<, korrigiert Erusius Emily.

Emily muss kurz schmunzeln, da Erusius einerseits sagt, dass es Kobolde nur in Märchen gibt, aber er selbst von mysteriösen Wesen spricht, die es angeblich geben soll.

>>Okay. Also Kobas. Wenn die doch alles wissen und auch in die Zukunft sehen können, dann kennen die doch auch unsere Fähigkeiten und auch, ob wir es überhaupt schaffen werden, eure Welt zu retten oder nicht? Das würde ja alles viel leichter machen...<<

>>Nein, das können sie leider nicht. Sie können uns zwar jetzt sehen und auch, dass wir auf dem Weg zur Ausbildung sind. Aber die Zukunft ändert sich ständig. Es ist abhängig davon, wie ihr euch entwickelt und entscheidet. Ob ihr euch auch auf alles einlasst oder doch wieder nach Hause geht und uns nicht weiterhelfen wollt. Es liegt allein in eurer Hand. Und da man

Entscheidungen vorab nicht beeinflussen kann, sondern diese auch häufig im Affekt getroffen werden, kann man die Zukunft dahingehend nicht vorhersehen. Aber du hast recht, könnte man es vorhersehen, dann würde es alles einfacher machen. Denn dann wüssten wir, wie wir euch am besten ausbilden. So tappen wir erstmal im Dunkeln und verlieren viel Zeit damit, erstmal herauszufinden, was ihr für Fähigkeiten habt, bevor wir euch darin gut ausbilden können. Es ist wirklich schwierig, aber wir sind zuversichtlich, dass wir das alle gemeinsam schaffen werden. Eine große Wahl haben wir eh nicht mehr. Da wir schon alles versucht haben, unser Land zu retten … ihr seid unsere letzte Hoffnung.<<

Erusius schaut kurz zu Emily und hofft, sie überzeugen zu können. Emily merkt, dass Erusius traurig darüber ist, dass es seinem Land so schlecht geht. Irgendwie verständlich, wenn man alles versucht, um etwas zu retten, was einem am Herzen liegt, aber bisher nichts funktioniert hat. Emily kann alles trotzdem noch nicht so ganz glauben. Sie hat noch so viele Fragen und wollte gerade wieder ansetzen, als Erusius sie unterbricht.

>>Emily, ich weiß, du hast noch so viele Fragen. Wir werden noch genug Zeit haben, dass ich dir alles beantworte. Aber du solltest dich jetzt erstmal noch etwas ausruhen, bis wir da sind. Das nächste halbe Jahr wird sehr anstrengend werden. Heute Abend ist die Begrüßung und ihr werdet eure Zimmer beziehen. Ab Morgen wird die Ausbildung anfangen. Deswegen ruh dich besser noch ein wenig aus.<<

Emily hält daher mit ihren Fragen inne und schaut aus dem Fenster. Schon eine gefühlte Ewigkeit fahren sie durch eine Straße im Wald. Wer weiß, wie lange sie noch brauchen werden. Was wird sie in Nornhie erwarten? Ob das alles stimmt, was Erusius ihr die ganze Zeit erzählt? Gibt es wirklich Einhörner und Kobas in

Nornhie? Und hat sie selbst wirklich mysteriöse Fähigkeiten, um mit den anderen fünf Jugendlichen alle zu retten?
Plötzlich wird Emily sehr müde und schläft während der Fahrt ein.

Die Ankunft

>>Emily, wach auf! Gleich sind wir da!<< Erusius weckt Emily mit einem kurzen Stupser.

Emily wird langsam wach. Im ersten Moment muss sie sich erst nochmal darüber im Klaren werden, warum sie mit Erusius im Auto sitzt.

>>Wo sind wir?<<, fragt Emily.

>>Angekommen. Hier ist die Burg von Nornhie. Hier werdet ihr ausgebildet.<< Erusius parkt das Auto direkt vor den Toren der Burg.

Emily reibt sich erstmal ihre noch verschlafenen Augen. Es ist alles so hell, dass sie sich erstmal daran gewöhnen muss. Sie sieht eine weiße Burg, die sechs Türme aufweist. Auf jedem der sechs Türme befindet sich eine weiße Fahne, auf der jeweils ein Einhorn abgebildet ist. Um die Burg herum fließt ringförmig weißes Wasser. Die Umgebung ist sehr ländlich, findet Emily. Viele weite Felder und Bäume sind zu sehen. Nur in ganz weiter Ferne sieht man ein kleines Dorf.

Erusius, der bereits ausgestiegen und Emilys Koffer aus dem Kofferraum geholt hat, während Emily noch mit Staunen die Burg und die Umgebung betrachtet, öffnet ihr die Autotür.

>>Herzlich willkommen in Nornhie! Dies ist erst einmal deine Heimat für das nächste halbe Jahr<<, sagt Erusius stolz und erfreut.

Emily steigt langsam und vorsichtig aus dem Auto aus. Es sieht alles so friedlich aus mit den hellen Farben.

>>Und hier soll es etwas Böses geben?<<, fragt Emily.

>>Nein, hier zum Glück noch nicht. Das hier ist noch der sicherste Ort in Nornhie. Deswegen werden wir euch auch hier ausbilden. Das Böse herrscht erst hinter den Bergen, die du dort hinten

siehst.<< Erusius zeigt auf einen weit entfernten weißen Berg.

>>Aber dazu kommen wir später. Jetzt gehen wir erstmal rein, damit du auch alle kennenlernst.<<

>>Wo sind denn die anderen Kinder? Wollten wir diese nicht auch noch abholen?<<

>>Nein, jeder der Wissenden hat ein Kind abgeholt. Alles andere hätte einfach zu lange gedauert, da ihr alle an unterschiedlichen Orten geboren seid. Die anderen sind aber bestimmt auch schon da.<<

Erusius geht zum Burgtor, legt seine Hand auf einen im Holz eingeprägten Handabdruck und das Tor öffnet sich wie von Geisterhand.

Erusius geht vor und Emily folgt ihm. Emily betrachtet alles ganz genau. Sie ist fasziniert, wie alles im Detail gebaut wurde. Es sieht alles so schön aus, das Gemäuer, die Tore, die Fenster, die Türme mit den Flaggen. Sie ist schon gespannt, was sie im Inneren erwartet.

In der Burgmitte befindet sich auf dem Boden ein großer Stern. Erusius geht in dessen Zentrum und winkt Emily zu sich heran. Als Emily neben ihm steht, tritt Erusius in einen Fußabdruck, der dort eingefügt ist. Plötzlich wackelt der Boden und der Stern öffnet sich. Erusius und Emily stehen nun am Anfang einer Treppe, die direkt nach unten führt.

>>Komm, Emily, bevor sich der Stern wieder schließt<<, sagt Erusius und geht eilig die Treppe herunter.

Emily folgt ihm schnell. Als sie auf der Mitte der Treppe sind, schließt sich der Stern wieder und im Inneren leuchten einzelne weiße Lampen neben der Treppe, die den Weg bis nach unten zeigen. Es ist ungewöhnlich still. Emily fragt sich, ob wirklich alle anderen schon da sind. Da sie immer mit ihren Geschwistern und Freunden zusammen ist, ist diese Stille für sie sehr ungewohnt. Mit ihren Geschwistern ist es nie so ruhig, außer sie sind am Schlafen. Erusius geht schnellen Schrittes weiter hinunter.

>>Komm Emily, wir sind schon ziemlich spät!<<

Emily kommt aus Staunen kurz heraus und folgt ihm schnell. Die Treppe scheint jedoch unendlich lang zu sein.

Nach einer gefühlten halben Stunde kommen sie endlich an einer großen Tür an. Diese hat eine rote Farbe und ist mit goldenen Verzierungen versehen.

>>So Emily, jetzt sind wir endlich da<<, sagt Erusius, öffnet die Tür und betritt ein großes Speisezimmer. Emily atmet nochmal tief durch, da sie nicht weiß, was sie in den nächsten Tagen, Wochen und Monaten erwarten wird. Dann folgt sie Erusius in den Speisesaal.

Das Kennenlernen

Der Speisesaal hat eine sehr hohe Decke, die sich in der Mitte wölbt. An den Wänden sind vier Einhörner in Stein gemeißelt, deren Köpfe in der gewölbten Decke zusammentreffen. Auf dem Boden sind sechs weiße Sterne zu sehen, die sich mit jeweils einer Spitze zu einem Kreis verbinden. In der Mitte dieses Kreises steht ein großer weißer Tisch, an dem bereits fünf Jugendliche, vier Jungs und ein Mädchen, sowie fünf ältere Herren sitzen.

Emily wundert sich, dass es so still ist und keiner redet. Aber vielleicht liegt das einfach daran, weil sich noch keiner kennt. Oder vielleicht, weil sie auch gerade erst angekommen und müde sind.

Emily schätzt, dass die vier Jungen und das Mädchen fast genauso alt sind, wie sie es ist. Dies würde ja auch zu den Erzählungen von Erusius passen, dass alle fast gleichzeitig geboren wurden.

Die älteren Herren, die an dem Tisch sitzen, haben alle die gleiche weiße Haarfarbe und sind daher wirklich sehr schwer auseinander zu halten, findet Emily.

Aber ein älterer Herr sticht heraus. Er hat lange, weiße Haare, welche er wie einen Schleier hinter sich herzieht. Zudem hat er noch einen langen, weißen Bart. Es scheint so, als wäre er der Chef.

>>Hallo Arus! Bitte entschuldige, dass wir zu spät sind<<, sagt Erusius zu diesem Herrn mit den längsten Haaren.

Arus kommt auf Erusius zu und nimmt ihn kurz in den Arm.

>>Hallo Erusius. Gut, dass ihr es doch geschafft habt. Ich habe mir schon Sorgen gemacht, dass euch unterwegs etwas passiert sein könnte.<<

>>Nein, es hat nur etwas länger gedauert als geplant, da ich Emily noch überzeugen musste, mit mir zu kommen.<< Erusius

lächelt und er richtet seinen Blick zu Emily.

Arus beugt sich zu Emily herunter und reicht ihr die Hand.

>>Hallo Emily! Schön, dich wiederzusehen. Das letzte Mal, als ich dich sah, warst du noch sehr klein. Ich bin sehr froh, dass du doch noch den Weg zu uns gefunden hast, um uns zu helfen.<<

Emily reicht ihm ebenfalls die Hand.

>>Hallo. Ja, ich lass mich mal überraschen, was auf mich zukommt<<, antwortet sie.

Arus lacht. >>Ja, ich glaube, die Neugierde, die hast du behalten, was gut für uns ist, denn sonst wärst du jetzt wahrscheinlich nicht hier. Kommt, setzt Euch. Ihr seid bestimmt auch hungrig.<<

Arus zeigt auf zwei Plätze an dem Esstisch, die noch frei sind. Da Emily und Erusius wirklich sehr hungrig von der langen Fahrt sind, nehmen sie auch kurzerhand ihre Plätze ein.

Arus geht ebenfalls zu seinem Platz zurück. Er bleibt jedoch zunächst noch stehen, da er allen noch etwas mitzuteilen hat.

»So, ihr Lieben. Jetzt, wo wir vollzählig sind, können wir auch gleich mit dem Essen beginnen. Ich möchte aber gerne vorab noch etwas zu euch sagen, bevor wir mit allem anfangen. Ich bin sehr froh, dass die Wissenden es geschafft haben, euch zu überzeugen, dass ihr mit in unser wunderschönes Land kommt, um uns zu helfen. Ich wünschte, wir hätten uns vorab unter anderen Umständen kennengelernt. Eigentlich war es geplant, dass wir euch mit euren Familien noch mehr Zeit geben, bis ihr älter und erwachsener seid. Aber die Zeit drängt nun doch sehr und viel Zeit bleibt uns nicht mehr. Deswegen müssen wir direkt mit eurer Ausbildung beginnen. Ich hoffe, nein, ich bin überzeugt, dass wir es gemeinsam schaffen

werden, unser Land zu retten, sodass hier
wieder alle Wesen unbeschwert leben
können. Aber es geht nicht nur um unser
Land! Wenn wir Nornhie nicht retten, wird
auch das Land, wo eure Familien und
Freunde leben, bald nicht mehr dasselbe
sein. Es hängt so viel von Euch ab! Ihr
habt bestimmt viele Fragen. Vielleicht
habt ihr schon einige von meinen Kollegen
und Freunden beantwortet bekommen. Wir
werden alle versuchen, eure Fragen zu
beantworten, damit ihr versteht, worum es
hier eigentlich geht. Damit ihr auch davon
überzeugt seid, dass wir zusammenarbeiten
müssen, um alle zu retten. Wir können das
schaffen, das weiß ich! Nur ihr müsst auch
an euch glauben, denn sonst werdet ihr es
nicht schaffen. Im nächsten halben Jahr
werdet ihr hier die Möglichkeit bekommen,
herauszufinden, welche Fähigkeit in euch
steckt. Ihr werdet sowohl gemeinsam als
auch einzeln von dem euch zugewiesenen
Wissenden unterrichtet werden. Wir werden
alles versuchen, euch zu helfen und zu

unterstützen. Aber es liegt an euch und eurem Willen, ob ihr eure Fähigkeiten zulasst. Noch eines am Rande. In diesen Burgmauern seid ihr noch sicher. Bitte verlasst diesen Ort nur, wenn euch jemand von uns begleitet. Alles andere wäre zu gefährlich! Nach dem Essen wird Erusius euch zu euren Schlafzimmern begleiten. Morgen früh beginnt dann eure Ausbildung. Auf euren Plätzen liegen Zettel, wann ihr in der Woche wo sein müsst. Solltet ihr euch nicht zurechtfinden, ist immer einer von uns in der Nähe und wir helfen Euch gerne weiter! Jetzt lasst uns aber erstmal essen und den Abend in Ruhe ausklingen lassen. Ich freue mich, dass ihr hier seid und wünsche euch allen einen guten Appetit!<< Erst jetzt setzt sich Arus auf seinen Stuhl.

Die Wissenden klopfen mit der Faust auf den Tisch, um Arus für die gelungene Rede zu applaudieren. Die Jugendlichen zögern zunächst, tun es dann aber den Wissenden gleich.

Die Tür zum Speisesaal geht auf und eine kleine Dame kommt mit gefüllten Tellern in den Speisesaal. Es scheint, als sei sie die Köchin des Hauses. Sie sieht wirklich sehr nett aus, findet Emily.

Sie muss schmunzeln, als sie das Essen auf dem Teller sieht, denn sie hat den Eindruck, als sei fast alles hier auf Einhörner ausgelegt. Es gibt eine Suppe mit vielen Einlagen. In der Mitte der Suppe ist ein aus Sahnesoße geformtes Einhorn zu erkennen.

Emily hebt kurz ihren Kopf, um sich ein wenig umzuschauen. Bis jetzt hat sie sich noch nicht getraut, weil alle so still sind und keiner auch nur ein Wort redet. Auch von den anderen Jugendlichen nicht. Irgendwie ein wenig unheimlich und steif, findet sie. Aber vielleicht legt sich das ja noch.

Direkt gegenüber von ihr, sitzt ein Junge mit kurzen, dunklen Haaren, der eigentlich recht gut aussieht. Aber er schaut die ganze Zeit so griesgrämig drein. Vielleicht findet er das alles auch so merkwürdig und ist deswegen schlecht gelaunt, denkt Emily. Wenigstens schmeckt die Suppe sehr gut. Auch die anderen Jugendlichen am Tisch machen sich über die Abendsuppe her. Sie scheinen alle sehr hungrig zu sein, genauso wie Emily. Auch der anschließende Hauptgang mit Kartoffeln, frischem Gemüse sowie Hähnchen, lassen sich alle sichtlich schmecken. Als Nachtisch folgt ein Schokoladenpudding mit weißer Creme, die wiederum als Einhorn geformt ist. Diesen lässt sich Emily besonders schmecken.

Nachdem jeder auch den Nachtisch aufgegessen hat, steht Erusius von seinem Stuhl auf.

>>Kommt, nehmt eure Zettel und Koffer mit und folgt mir. Ich bringe euch jetzt zu euren Zimmern, damit ihr morgen ausgeruht seid.<<

Die sechs Jugendlichen, darunter auch

Emily, stehen auf, nehmen jeweils ihre Zettel und Koffer mit und folgen Erusius. Er geht mit ihnen durch eine silberne Tür, die in einen langen, aber dunklen Gang führt. Sehr merkwürdig, dass dieser dunkel ist, wo doch sonst alles so hell ist, wundert sich Emily als sie ihm folgt.

Am Ende des Flurs befindet sich eine steile Treppe, die in einen Turm der Burg führt, der mehrere Etagen hat, die durch eine Wendeltreppe erreichbar sind.

>>Kommt, wir müssen die Wendeltreppe noch hoch. Auf der ersten Etage übernachten die Jungs, auf der zweiten die Mädels<<, sagt Erusius, nachdem alle die steile Treppe hinaufgegangen sind.

Auf der ersten Etage macht er halt und bleibt vor einer grauen Burgtür stehen. Auch in der Mitte dieser Tür befindet sich ein eingemeißelter Handabdruck. Erusius legt seine rechte Hand auf diesen. Plötzlich öffnet sich die Tür automatisch und ein großes Zimmer wird sichtbar,

welches vier Betten enthält. Das Zimmer
ist jedoch so groß, dass jeder ausreichend
Platz für seine Sachen hat. Auch ein
separates Bad ist in dem Zimmer enthalten.

>>So, hier übernachten die Jungs. Wenn ihr
euer Zimmer verlassen oder wieder betreten
möchtet, müsst ihr eure Hand auf den
Handabdruck legen. Nur ihr und wir
Wissenden können diese Tür öffnen. Dann
macht es euch mal gemütlich.<<

Die vier Jungs nehmen ihre Koffer, die sie
kurz zuvor auf den Boden abgestellt
hatten, und beziehen ihr Zimmer. Die Tür
schließt sich wieder automatisch.

>>Jetzt zeige ich euch noch euer Zimmer,
ihr zwei.<<

Erusius geht wieder zur Wendeltreppe und
bleibt in der zweiten Etage vor einer Tür,
die ebenfalls mit einem Handabdruck
versehen ist, stehen. Auch hier öffnet
Erusius die Tür mit seiner Hand, in dem er
diese auf den dafür vorgesehenen Abdruck

legt.

>>So Emily und Alicja. Das ist vorerst euer Reich für das nächste halbe Jahr. Ich hoffe, es gefällt euch.<<

Emily und das zweite Mädchen betreten das Zimmer.

>>Dann bis Morgen<<, ruft Erusius ihnen noch zu, bevor sich die Tür wieder schließt.

In dem Zimmer befinden sich zwei weiße Betten, die sehr gemütlich aussehen. In einer Ecke stehen zudem noch zwei Stühle und ein Tisch. Die Stühle sind mit weißen Polsterungen versehen. In einem weiteren Zimmer befindet sich das Bad, welches mit einer Dusche, zwei Waschbecken und einer Toilette ausgestattet ist.

>>Wie in einem Hotelzimmer<<, sagt Emily.

>>Ja, da hast du recht<<, sagt das andere Mädchen, das den Namen Alicja trägt, legt den Zettel und den Koffer ab und hüpft erstmal auf einem Bett herum.

>>Und gemütlich sind die auch. Also, da hat sich die Fahrt schon mal gelohnt<<, lacht Alicja, steht wieder vom Bett auf und kommt auf Emily zu.

>>Sorry, ich habe mich noch gar nicht vorgestellt. Ich bin Alicja, und du bist Emily, oder? Ich hatte vorhin das Gespräch zwischen Arus und dir mitbekommen, daher weiß ich deinen Namen. Es war ja so still da.<<

>>Ja, Emily ist richtig. Ich war auch erstaunt darüber, dass keiner geredet hat. Das war irgendwie sehr angsteinflößend. Ich dachte schon, jemand hätte das Reden und war mir total unsicher.<<

>>Nein, verboten hat das keiner. Ich war die erste, die hier ankam, deswegen weiß ich das. Ich glaube, das ganze Gerede über das Böse oder was das auch immer ist, hat alle bestimmt so eingeschüchtert, dass keiner gewusst hat, ob er überhaupt reden soll. Total schade, denn ich hätte mich gern auch mit den Jungs unterhalten, denn

so wie ich das verstanden habe, müssen wir ja irgendwie alle zusammenarbeiten. Und wie soll das gehen, wenn wir nicht reden?<<

Emily setzt sich jetzt auf das andere Bett.

>>Ja, da hast du recht. Ich fände das auch besser.<<

>>Naja, was soll's. Vielleicht haben wir ja Morgen die Möglichkeit, mit denen zu reden oder die kennenzulernen. Wir wissen ja noch nicht einmal, wie die heißen!<<

Emily steht wieder vom Bett auf.

>>Was hältst du davon … wenn wir die Jungs jetzt noch kennenlernen?<<

>>Jetzt?<<, fragt Alicja erstaunt.

>>Klar, warum nicht. Es hat doch keiner gesagt, dass wir das Zimmer nicht verlassen dürfen. Und ganz ehrlich, wenn wir schon hier sein müssen, dann können die uns doch nicht in unserem Zimmer

einsperren und wir dürfen nur zum Unterricht gehen, dann essen, wieder auf unser Zimmer … das ist doch schrecklich! Komm, wir gehen eben runter. Wir müssen nur schauen, dass Erusius schon weg ist. Nicht, dass wir das doch nicht dürfen und dann direkt am ersten Tag Ärger bekommen!<<

>>Meinst du wirklich? Ich weiß nicht…<< Alicja ist offensichtlich unentschlossen, ob das eine so gute Idee ist, am ersten Tag gleich gegen die eventuell doch vorhandenen Regeln zu verstoßen.

>>Was soll uns denn passieren? Es ist doch nur eine Treppe herunter! Komm, mich interessiert auch, wer die sind!<<

Emily geht zur Tür und winkt Alicja zu sich heran. Alicja zögert zunächst, doch dann folgt sie Emily. Emily legt ihre Hand auf den Handabdruck, der sich auf der Tür befindet. Die Tür öffnet sich mit einem leichten Quietschen. Beide schauen zunächst, ob sich jemand auf dem Flur befindet und gehen erst dann aus der Tür heraus. Die Tür schließt sich direkt wieder, diesmal jedoch mit einem lauten, steinigen Geräusch. Alicja zuckt bei dem Geräusch zusammen. Emily sieht ihr die Angst, erwischt zu werden, förmlich im Gesicht an. Emily legt ihre Hand auf Alicjas Arm, um sie zu beruhigen.

Auf der Treppe ist niemand mehr zu sehen. Leise gehen beide Mädchen die Treppe herunter zu der Tür des Jungenzimmers.

>>Hier bekommen wir die Tür bestimmt nicht auf, weil das nicht unser Zimmer ist<<, flüstert Alicja.

>>Wir klopfen einfach mal<<, sagt Emily mit leiser Stimme und klopft an die Tür.

Nichts passiert. Emily klopft nochmal, aber niemand macht die Tür auf.

>>Komm Emily, lass uns wieder nach oben gehen, bevor jemand von den Wissenden uns hier erwischt<<, flüstert Alicja und geht schon einen Schritt wieder zur

Wendeltreppe, als sich plötzlich doch die Tür öffnet.

In dem Moment hört Emily Schritte, die von unten nach oben kommen. Schnell nimmt sie Alicja am Arm und rennt in das Jungenzimmer, bevor sich die Tür wieder schließt.

Das Jungenzimmer ist ähnlich aufgebaut, wie das von Emily und Alicja. Nur, dass hier vier Betten stehen statt zwei. Der gutaussehende Junge liegt auf seinem Bett und schaut sich den Zettel an, den sie alle vorhin bekommen haben und verzieht keine Miene. Die anderen drei Jungs schauen Emily und Alicja mit großem Staunen an.

Der kleinste Junge fragt: »Was macht ihr denn hier?«

Emily will gerade ansetzen, als jemand an der Tür klopft. Emily und Alicja schauen sich erschrocken an. Wenn sie jetzt erwischt werden, dann wäre das jetzt der falsche Zeitpunkt, weil sie noch keine Möglichkeit hatten, mit einem der Jungen richtig zu sprechen. Dann wäre alles umsonst gewesen.

Der Junge mit blonden Haaren rennt zum Schrank, der sich in einer hinteren Ecke des Zimmers befindet und öffnet die Türen.

>>Schnell, versteckt euch hier!<<

Emily und Alicja zögern nicht lang und klettern in den Schrank. Der Junge mit den blonden Haaren schließt schnell die Schranktür. Im gleichen Moment öffnet sich die Zimmertür. Emily und Alicja hören, dass es Erusius ist, der das Zimmer betritt.

>>Hier Peter, du hast deinen Zettel im Speisesaal auf deinem Platz vergessen<<, sagt Erusius.

>>Oh, danke<<, antwortet Peter leise und nimmt den Zettel entgegen.

>>Dann schlaft alle mal gut und bis morgen<<, sagt Erusius und geht wieder zur

Tür heraus.

Der blonde Junge öffnet jetzt die Schranktür und Emily und Alicja klettern aus dem Schrank heraus. >>Danke, nochmal für eure Hilfe und dass ihr uns nicht verpetzt habt<<, sagt Emily und lächelt.

>>Dann wäre echt alles umsonst gewesen<<, sagt Alicja und muss erstmal tief durchatmen.

>>Was wollt ihr denn eigentlich hier?<< Der Junge mit den blonden Haaren ist neugierig, warum Emily und Alicja in ihrem Zimmer sind.

>>Naja, Alicja und ich dachten, da wir ja alle irgendwie zusammen ausgebildet werden, in irgendwas, was uns noch keiner so wirklich sagen kann, dass wir uns vielleicht auch mal persönlich vorstellen. Es hat ja beim Essen keiner geredet. Das war schlimm! Ich dachte schon, wir dürften alle nicht reden. Also ich bin Emily…<<

>>… und ich bin Alicja<<, fällt Alicja

Emily ins Wort und winkt in die Runde.

>>Ist eigentlich eine gute Idee von euch. Also ich bin Robert...<<, sagt der Junge mit den blonden Haaren, der Emily und Alicja zu dem Versteck verholfen hatte. >>... und das ist Peter, der kleinste von uns.<<

Robert zeigt auf den kleinen, etwas kräftigeren Jungen, der seinen Zettel in der Hand hält, den ihm Erusius soeben vorbeigebracht hatte.

>>... das da ist Joe.<< Robert zeigt auf einen recht großen, muskulösen Jungen mit roten Haaren.

>>Hey<<, sagt Joe.

>>... und der auf dem Bett ist Jack.<<

Robert zeigt auf Jack, der nur kurz von seinem Zettel hervorschaut, Emily und Alicja betrachtet und dann seinen Blick wieder dem Zettel zuwendet. Er scheint wirklich Desinteresse zu haben, denkt sich Emily.

>>Hi, schön euch jetzt auch mal beim Namen kennenzulernen. Und wie fandet ihr es, als ihr plötzlich mit einem komischen Herrn mitgehen solltet und von nichts wusstet?<<, fragt Emily in die Runde.

>>Also ich habe es irgendwie die ganze Zeit schon geahnt, dass irgendwann so etwas passieren würde. Meine Eltern führten manchmal so merkwürdige Gespräche, auch über mich, und da war es für mich dann nicht mehr so überraschend, als plötzlich einer der Wissenden vor unserer Tür stand<<, sagt Robert und setzt sich auf sein Bett.

>>Setzt euch doch<<, sagt er zu Emily und Alicja und zeigt auf die noch freien Stühle. Alicja schaut kurz zu Emily, lächelt und setzt sich dann neben Robert auf sein Bett. Robert scheint ihr ja direkt zu gefallen, denkt Emily mit einem Lächeln. Sie überlegt kurz, ob sie sich auf das Bett von Jack setzen soll, aber da er sie so ablehnend ansieht, bevorzugt sie

doch eher einen der vier Stühle, die um
den Tisch stehen.

>>Also ich wusste von nichts, aber als
meine Eltern dann auf mich eingeredet
haben, habe ich mir gedacht, okay, wenn
meine Eltern das so wollen und das richtig
finden, dann gehe ich halt mit<<, sagt
Alicja.

>>Ich wusste auch von nichts. Aber da ich
in der Schule eh nicht viele Freunde habe
und die Schule für mich eine Qual ist,
habe ich mir gedacht, es kann ja nur
besser werden. Und deswegen bin ich dann
einfach mitgefahren<<, antwortet Peter.

Die anderen vier, bis auf Jack, müssen
kurz lachen.

>>Ich hatte vor einiger Zeit einen Traum,
dass mich jemand abholen wird. Und genauso
ist es gekommen. Daher hatte ich auch
keine Befürchtungen, dass es falsch sein
könnte oder so, da mitzugehen<<, sagt Joe.

>>Und du, Emily? Warum bist du

mitgegangen?<< Alicja schaut Emily fragend an.

>>Naja, so richtig habe ich mich hierfür noch nicht entschieden. Manche Dinge haben mich einfach stutzig gemacht. Zum Beispiel, dass Erusius genauso blaue Augen hat, wie ich. Keiner in meiner Familie hat solche Augen. Und da meine Eltern mir die freie Wahl gelassen haben, habe ich erstmal gesagt, ich schaue mir das an und entscheide dann nach einem halben Jahr, ob ich wiederkomme oder nicht. Ich habe viele Geschwister und Freunde und ganz ehrlich, eigentlich immer viel Spaß. Aber für Abenteuer bin ich natürlich auch zu haben. Nachdem mir Erusius einiges über das hier erzählt hat, war ich neugierig auf Nornhie und auch, ob das alles wirklich der Wahrheit entspricht. Obwohl ich das alles immer noch nicht glauben kann. Auch das mit den Fähigkeiten … daran glaube ich irgendwie noch nicht<<, antwortet sie.

Jack schaut von seinem Zettel kurz zu

Emily hoch. Es sieht so aus, als wolle er etwas zu ihr sagen, aber dann hält er doch inne.

Peter schaut jetzt ebenfalls auf seinen Zettel.

>>Da kommt man hierhin und dann steht als erstes für morgen Geschichte drauf. Das ist ja wie in der Schule! Ey, wenn das jetzt hier genauso anfängt, wie in der Schule, dann krieg ich die Krise!<<

Alle lachen. Selbst Jack schmunzelt kurz, wie Emily sehen kann.

>>Das ist hier aber bestimmt nicht dieselbe Geschichte wie in der Schule, Peter<<, sagt Robert und lacht.

Alicja wird mittlerweile recht ungeduldig und nervös.

>>Emily, ich glaube, bevor gleich noch jemand wiederkommt, sollten wir vielleicht in unser Zimmer zurück.<<

>>Ja vielleicht hast du Recht. Wir haben

ja jetzt erstmal noch ein halbes Jahr Zeit, um uns alle mehr kennenzulernen. Und morgen haben wir zusammen Unterricht. Ich bin wirklich mal gespannt.<<

Emily steht vom Stuhl auf. Alicja steht ebenfalls auf und Robert macht es ihr gleich, um sie zur Tür zu begleiten und ihnen die Tür zu öffnen.

>>Dann bis morgen früh<<, sagt Emily und schaut nochmals in die Runde und zuletzt zu Jack, der sie nur kurz anschaut, aber keinen Ton herausbringt.

>>Bis morgen<<, verabschiedet sich auch Alicja und schaut Robert in die Augen. Robert lächelt.

>>Ja, bis morgen. Ich freue mich.<<

Er öffnet die Zimmertür. Emily und Alicja gehen zur Tür hinaus und schleichen sich schnell nach oben in ihr Zimmer. Dort machen sie sich bettfertig und schlafen nach dem anstrengenden ersten Anreisetag schnell in ihren Betten ein.

Die erste Unterrichtsstunde

Emily und Alicja sind auf dem Weg von ihrem Zimmer die Wendeltreppe nach unten, um zu ihrer ersten Unterrichtsstunde zu gehen. Auf dem Weg dorthin treffen sie die vier Jungs, welche aus ihrem Zimmer kommen.

>>Guten Morgen<<, begrüßt sie Robert und lächelt besonders Alicja an.

>>Guten Morgen<<, antworten Emily und Alicja im Chor.

Alicja lächelt Robert ebenfalls an.

>>Der scheint dir aber zu gefallen<<, flüstert Emily Alicja ins Ohr.

>>Ach quatsch, das bildest du dir ein!<< Alicja stupst Emily in die Seite und lacht.

Emily lacht ebenfalls, stolpert im selben Moment über die letzte Treppe und fällt Jack entgegen, der gerade als letztes aus dem Jungenzimmer kommt. Jack kann sie im letzten Moment noch festhalten, sodass sie nicht fällt.

Emily weiß im ersten Moment nicht, wie sie reagieren soll und stammelt nur ein >>Danke<< heraus.

>>Kein Problem<<, antwortet Jack, lässt sie dann aber wieder los, als sie wieder festen Stand hat und geht mit den anderen die Wendeltreppe hinunter.

Emily hält kurz inne und fragt sich, wenn er doch so ablehnend ist, warum hat er sie dann nicht einfach fallen lassen? Zumindest hat er jetzt mal zwei Worte rausgebracht, auch wenn es nur ein ‚Kein Problem' war.

>>Komm, Emily, sonst kommen wir noch zu spät<<, drängt Alicja.

>>Ja, ich komme<<, ruft Emily ihr hinterher und folgt den anderen die Wendeltreppe nach unten.

Robert hat von seinem Wissenden, der ihn abgeholt hat, einen Plan von der Burg bekommen. Somit ist es kein Problem für ihn, direkt den Unterrichtsraum zu finden.

Bei Betreten des Unterrichtsraumes ist Emily begeistert von der Helligkeit des Raumes. Im vorderen Bereich steht ein Pult, welcher vor drei Tischen mit jeweils zwei Stühlen steht.

Emily setzt sich mit Alicja an den rechten Tisch. An den mittleren Tisch setzen sich Robert und Joe, während Jack und Peter am letzten Tisch ihre Plätze einnehmen.

Plötzlich geht die Tür auf und einer der Wissenden tritt herein. Er geht direkt vorne an das Pult und beginnt mit einer recht kräftigen Stimme zu sprechen.

>>Hallo, meine Freunde. Schön, dass ihr hier seid. Für alle, die mich noch nicht mit Namen kennen, ich bin Akros, und ich werde euch heute etwas über die Geschichte unseres Landes erzählen und warum ihr eigentlich hier seid. Aber ihr braucht keine Angst zu haben, es wird kein

Geschichtsunterricht sein, so wie ihr ihn aus eurer Schule kennt. Es ist wichtig, dass ihr versteht, warum ihr hier seid und uns helfen müsst, und warum wir uns auf euch verlassen. Denn nur, wenn ihr das versteht und euch darauf einlasst, hat der gesamte restliche Unterricht, den ihr in den nächsten Tagen, Wochen und Monaten erhalten werdet, überhaupt einen Sinn. Ihr habt den ersten Schritt bereits gemacht, denn ihr seid hier. Somit gehe ich davon aus, dass ihr auch Interesse uns habt. Daher denke ich, dass euch mein heutiger Unterricht auch gefallen wird.<<

Emily schaut Alicja an und muss schmunzeln, da sie an die Worte von Peter denken muss, wo er doch sagte, dass Geschichte in der Schule immer sehr langweilig ist.

Akros aber erzählt direkt weiter.

>>Vor Jahren war unser Land noch friedlich und wir lebten mit den Einwohnern Nornhies sowie den wunderbaren Geschöpfen, darunter

auch die Einhörner, immer friedlich zusammen. Unser Land war überall hell und klar und alle waren glücklich. Doch vor einigen Jahren wurde es plötzlich in einigen Teilen unseres Landes dunkel. Die Einwohner wurden von den Robus angegriffen. Viele wurden verletzt, einige Einwohner hat man nach den Angriffen nie wiedergesehen. Zunächst war es nur ein kleiner Ort, der betroffen war. Aber von Jahr zu Jahr belagerten die Robus immer mehr und jetzt ist von Nornhie nicht mehr viel übrig. Nur noch ein kleiner Teil bewahrt noch die Helligkeit und Schönheit unseres Landes. Und das ist unter anderem auch die Burg, in der wir uns aktuell befinden. Hier sind wir noch sicher. Zudem gibt es zwei naheliegenden Dörfer, die ebenfalls noch verschont geblieben sind. In diesen leben auch viele Einwohner, die schreckliche Erfahrungen mit den Robus gemacht haben und aus ihren alten Dörfern geflohen sind, um ihnen zu entkommen.«

Emily merkt, wie traurig und verletzt

Akros ist, als er die Geschichte seines Landes erzählt.

Plötzlich hebt Robert seine Hand.

Akros schaut direkt zu ihm. »Ja, Robert?«

»Also, wenn das so ist und alles so schön war, dann verstehe ich noch nicht so ganz, woher plötzlich diese Robus kommen? Sind die einfach aus dem Nichts entstanden oder gab es irgendeinen Grund dafür, warum die plötzlich entstanden oder hierhin gekommen sind?«

Nicht nur Robert scheint sich für die Antwort dieser Frage zu interessieren, denn auch die anderen fünf Jugendlichen nicken zustimmend und warten gespannt auf Akros Antwort.

Akros zuckt jedoch zunächst mit den Schultern.

»Wisst ihr, es ist wirklich schwierig zu sagen, woher das Böse oder die Robus, wie wir sie nennen, plötzlich kommen. Wir sechs Wissenden können nur das wiedergeben, was Arus uns gesagt hat, weil er das wirklich mehr miterlebt hat als wir. Wir waren damals noch zu jung und wissen nur, dass es vor vielen Jahren einen Streit zwischen einigen Dörfern unseres Landes gegeben hat. Worum es genau ging, konnte uns Arus auch nicht mehr sagen, da er es selbst damals nicht verstanden hat. Wisst ihr, eigentlich ist die Bevölkerung unseres Landes immer friedlich. Und genau das ist ja das merkwürdige daran, warum es damals zu einem Streit gekommen ist. Wir denken, dass dieser plötzliche Hass und Streit vielleicht die Robus hat entstehen lassen. Als keiner darauf reagierte, diesen Streit wieder beizulegen, war es schon zu spät und die Robus verbreiteten sich immer weiter. Jetzt ist es schon fast zu spät und von der Schönheit unseres Landes ist nur noch wenig zu sehen.<<

Emily fällt Akros ins Wort.

>>Aber jetzt mal ganz ehrlich, es entsteht

doch nicht einfach so irgendwas, nur weil man sich mal streitet.<<

>>Ich weiß, es ist schwer zu glauben. Aber für uns ist es die einzige logische Erklärung. Wenn wir wüssten, wie die Robus wirklich entstanden sind, wäre es für uns einfacher, einen Plan zu entwickeln, wie wir am besten gegen sie vorgehen können. Aber da wir den genauen Grund, die genaue Ursache nicht kennen, ist es wirklich schwierig.<<

Peter zögert noch ein wenig, meldet sich dann aber doch recht ängstlich zu Wort.

>>Ja, Peter?<<

>>Al… also … wer sind denn diese Robus? Sind die sehr gefährlich?<<

Emily sieht Peters ängstliches Gesicht. Er sitzt auch schon versunken in seinem Stuhl, so, als will er sich am liebsten verkriechen. Ihr fällt aber ein, dass ihr Erusius auf der Fahrt nach Nornhie erzählt hat, dass sie damals in dieser geheimnisvollen Zeremonie gestört wurden, als sie versuchten, ihnen allen die Fähigkeiten zu verleihen. Vielleicht ist es ja Peter, der die Eigenschaften Angst und Furcht daher leider nicht erhalten hat. Emily schmunzelt und sagt leise vor sich hin: »Ja, das kann ja was werden.«

»Was?«, flüstert Alicja.

»Schon gut«, antwortet Emily mit leiser Stimme.

Akros antwortet direkt auf Peters Frage.

»Das ist eine gute Frage, Peter. Wer die genau sind, kann ich euch nicht sagen. Aber ich selbst bin bereits einem begegnet. Sie sind groß, sehr groß. Sie sind dunkelgrün-schwarz und haben schwarze Augen. Auf dem Rücken tragen sie Flügel mit einer Spannweite von sicherlich fünf Metern. Sie sind im Laufen langsam, aber durch das Fliegen kommen sie sehr schnell überall hin. Sie haben scharfe Zähne, mit denen sie alles kaputt beißen, was ihnen in die Quere kommt, ob Einwohner, Häuser oder Bäume. Ich habe von einem Einwohner erfahren, dass sie selbst Felsen zerbeißen können. Wenn ihr innerhalb eurer Ausbildung einen seht, dann versteckt euch bitte und versucht, so schnell wie möglich von diesem Ort wegzukommen. Wir beobachten ständig, wo sich die Robus befinden, damit wir euch so lange schützen können, bis ihr eure Fähigkeiten erlangt habt und diese auch beherrscht. Aber sollte es dennoch so sein, dass mal einer zu uns durchdringt, dann versteckt euch in dieser Burg. Denn hier werden sie nicht so schnell reinkommen.<<

Peter versinkt vollkommen ängstlich in seinem Stuhl. Alicja meldet sich und Akros nickt ihr zu.

>>Also ich habe auch noch eine Frage. Okay, es gibt diese Robus und irgendwie muss man gegen die vorgehen. Aber mich interessiert noch etwas anderes: Wieso glaubt ihr, dass wir euch helfen können?

Wir sollen irgendwelche Fähigkeiten haben, bei denen wir aber noch gar nicht wissen, welche es sind! Was ist, wenn wir diese in der Ausbildung gar nicht erlangen und wir schon zu spät sind? Was passiert dann? Was passiert, wenn Nornhie komplett von den Robus belagert wird und wir nichts mehr tun können?<<

Akros hält kurz inne, bis er Alicja antwortet. >>Es sind sehr viele Fragen, die du hast, Alicja. Und ich werde mal versuchen, dir diese so gut es geht zu beantworten. Kurz bevor ihr alle geboren wurdet, informierte uns Arus darüber, dass bald sechs Kinder geboren werden, die uns später alle mal retten würden oder zumindest die Chance dazu haben würden. Also setzten wir uns zusammen und überlegten, wie wir diese Rettung noch unterstützen könnten. Ihr müsst wissen, damals wurden schon einige Dörfer belagert, aber noch nicht annähernd so viele wie jetzt. Jeder von uns Wissenden hat selbst Fähigkeiten. Diese wollten wir

teilweise, zur Unterstützung und zum
Schutz, gepaart mit Furchtlosigkeit, Mut
und Kampfgeist, in einer Zeremonie an euch
weitergeben. Leider wurden wir
währenddessen gestört und alles ist
irgendwie aus dem Ruder gelaufen. Wir sind
uns sicher, dass ihr irgendwelche
Fähigkeiten erhalten habt, aber wir wissen
nicht, welche. Die Eigenschaften Mut,
Furchtlosigkeit und Kampfgeist sind nicht
bei allen angekommen, da sind wir uns
sicher. Was das ganze natürlich
erschwert…<<

Emily muss kurz schmunzeln und zu Peter
blicken, der immer noch in seinem Stuhl
versunken ist.

Akros setzt seine Rede fort.

>>Wir werden alles versuchen, euch stark
zu machen. Wir werden mit euch zusammen -
natürlich erst, wenn ihr auch dazu bereit
seid - den Kampf gegen die Robus beginnen.
Aber wir sind uns sicher, dass ihr der
Schlüssel seid, um unsere Welt zu retten.

Daher seid ihr hier! Ihr habt eine Aufgabe und wir hoffen alle, dass ihr diese auch wahrnehmt und uns helfen werdet. Auch wenn es sehr gefährlich für uns alle ist. Aber gemeinsam werden wir es schon schaffen, das hoffen wir zumindest. Und Alicja, zu deiner Frage, was denn wäre, wenn wir scheitern und alles hinterher von den Robus belagert ist … wir glauben, dass die Robus dann noch immer nicht innehalten werden. Sie sind so davon besessen, alles zu zerstören und an sich zu reißen, dass wir glauben, dass sie dann versuchen werden, auch einen Weg in euer Land zu finden, um auch dort alles zu zerstören. Die Menschen, die Tiere, die Pflanzen. Einfach alles, was ihnen in die Quere kommt. Wir sind uns ziemlich sicher, dass es irgendwann so weit kommen wird. Und es wird auch nicht mehr allzu lange dauern. Daher haben wir euch auch jetzt bereits hierhergeholt, denn eigentlich wollten wir euch noch mehr Zeit mit euren Familien und Freunden zuhause geben. Aber wir haben leider keine andere Wahl mehr.«

Die sechs Jugendlichen schauen sich gegenseitig erschrocken an. Akros bemerkt, dass allen seine Ausführungen einen ziemlichen Schrecken eingejagt haben. Daher versucht er erst einmal, die Lage wieder ein wenig zu entspannen, und redet nun mit normaler Stimme weiter.

»So, unsere Geschichtsstunde ist jetzt fast vorbei. Hat einer von euch noch eine Frage?«

»Ja, ich!« Emily meldet sich zu Wort. »Sie sagten, dass sie alle, also die Wissenden, auch die Fähigkeiten haben, die Sie dann an uns weitergegeben haben. Das verstehe ich aber nicht so ganz! Warum haben Sie nicht direkt gegen die Robus gekämpft, wenn Sie alle doch die Fähigkeiten selbst haben, statt zu warten, bis wir alt genug sind, während die Robus noch mehr Dörfer belagern? Vielleicht wäre es dann nicht so weit gekommen, wie es jetzt ist.«

»Ja, in gewisser Weise hast du recht.
Hätten wir die Fähigkeiten einsetzen
können, dann hätten wir direkt Schlimmeres
verhindern können. Das Problem ist aber,
dass wir Wissenden zwar sehen können, was
eventuell passiert, und welche
Möglichkeiten bestehen, um gegen die Robus
vorzugehen, aber wir selbst können die
Fähigkeiten nicht einsetzen. Leider. Wir
können diese nur weitergeben. Dies hatten
wir zuvor noch nie gemacht, bevor wir die
Nachricht von eurer bevorstehenden Geburt
erhalten haben. Aber uns blieb keine
andere Möglichkeit, als es einfach zu
versuchen. Arus hat uns dabei geholfen,
wie wir dies beeinflussen können. Er hat
sehr viel Erfahrung und Wissen, mehr als
wir alle zusammen! Wir dachten, dass wir
so unseren Beitrag dazu leisten könnten,
auch wenn es nicht annähernd so viel ist
wie das, was ihr leisten könnt und werdet.
Wir hoffen, dass ihr die Fähigkeiten
erhalten habt und diese auch gut einsetzen
könnt.«

>>Und wie schnell werden wir diese Fähigkeiten herausfinden oder lernen?<<, fragt jetzt Joe.

>>Das kann ich dir leider nicht beantworten. Ihr seid alle individuell. Es kann sein, dass einer von euch bereits morgen schon die Fähigkeit ausüben kann. Andererseits kann es aber auch sein, dass sich jemand nicht so darauf einlässt, sodass er seine Fähigkeit nicht erkennt. Aber es liegt immer an euch selbst! Wir setzen uns alle einem gewissen Risiko aus und hoffen, dass ihr schnell alles erlernen werdet. Aber wir glauben auch, dass ihr alle, oder zumindest einige von euch, eure Fähigkeiten schon insgeheim kennt.<<

Akros schaut kurz zu Jack, während er diese Worte ausspricht. Jack nickt Akros kurz zu, aber sehr zögernd. Jack ist der Einzige, der bis jetzt in der Geschichtsstunde rein gar nichts gesagt und auch keine Frage gestellt hat.

Emily fragt sich, ob er sich überhaupt so sehr für alles interessiert. Aber warum hat er Akros zugenickt? Kennt er seine Fähigkeit etwa schon? Vielleicht ist er ja auch einfach nicht so gesprächig.

>>So meine Lieben. Ich hoffe, meine Stunden haben euch nicht zu sehr verunsichert, sondern eher darin bestärkt, dass ihr uns weiterhin helfen wollt, unser Land und auch das Eure zu retten. Ich hoffe, ihr lasst euch darauf ein, auf eure Fähigkeiten, auf das Lernen und auf den Kampf. Aber eines sei euch noch gesagt, und das ist wirklich sehr, sehr wichtig: Bitte unterlasst es, ohne uns die Burgmauern zu verlassen! Solange ihr nicht ausgebildet seid – und selbst dann –, können wir nur gemeinsam, wenn wir den Zeitpunkt als richtig ansehen, den Kampf aufnehmen. Wenn ihr euch allein auf den Weg macht, habt ihr keine Chance! Und wenn einer von uns fehlt, ist alles verloren, denn nur, wenn wir alle gemeinsam zusammenarbeiten und unsere Fähigkeiten

gemeinsam einsetzen, können wir gewinnen.
Fehlt einer, stehen die Chancen für uns
alle nicht gut, und es ist alles verloren!

So, jetzt habt ihr eine kurze Pause und
dann wünsche ich euch erstmal noch
weiterhin viel Spaß bei dem weiteren
Unterricht!<< Akros verabschiedet sich mit
diesen Worten von den sechs Jugendlichen
und packt seine Zettel zusammen, die er
zuvor mitgebracht hat.

Die sechs Jugendlichen stehen von ihren
Stühlen auf und machen sich auf den Weg in
den Burgflur.

>>Wie fandest du das alles? Also, ich
finde die ganze Geschichte ziemlich
merkwürdig, oder meinst du nicht?<<, fragt
Alicja Emily.

>>Ja, es hört sich für mich alles
merkwürdig an. Aber eines verstehe ich
trotzdem immer noch nicht: Dass die Robus
ganz plötzlich da waren, nur weil sich die
Bevölkerung einmal nicht einig war. Das

kann mir doch kein Mensch erzählen!<<, antwortet Emily ungläubig.

Jack hört die Unterhaltung der beiden, während alle zusammen den Gang entlanglaufen. Er beteiligt sich jetzt zum ersten Mal an einem Gespräch: >>Ich glaube, wir sollten uns nicht so viele Gedanken darüber machen. Auch wenn ich dir recht gebe und in der Erzählung bestimmt noch etwas fehlt. Aber das sollen wir wahrscheinlich nicht wissen und so sollten wir es auch hinnehmen.<<

Wow, Jack hat endlich mal mit mir gesprochen und mir irgendwie auch ein wenig Recht gegeben, denkt sich Emily.

>> Also, ich glaube das schon, dass die einfach plötzlich da waren<<, sagt Alicja.

>>Ich denke das auch. Wenn es hier Einhörner und was weiß ich für Wesen gibt, dann gibt es auch sowas. Ich stimme Alicja da zu<<, fügt Robert hinzu.

Emily ist sich da wirklich nicht so

sicher. Wenigstens ist sie nicht die Einzige, die so denkt, dass da noch etwas an Erzählungen fehlt. Jack scheint ja auch so wie sie zu denken und Emily ist sich sicher, dass da noch mehr fehlt. Aber wenn es sogar die ‚Wissenden' nicht wissen und nur Arus damals dabei war, dann wird wahrscheinlich auch nur er die Wahrheit kennen. Vielleicht hat er ja auch etwas damit zu tun? Peter schaut auf seinen Zettel, auf dem steht, welcher Unterricht als nächstes ansteht.

»Also als nächstes haben wir, haha, Einhornunterricht! Ey, was ist das denn? Das ist doch nichts für uns, sondern nur für Mädels«, sagt er.

»Also ich freue mich«, sagt Alicja und lacht. Joe legt seinen Arm um den kleinen Peter und sagt lachend: »Das werden wir auch überstehen.«

Einhornunterricht

Emily, Alicja, Peter, Joe, Jack und Robert gehen durch einen langen Flur, an dessen Ende sich eine weiße Tür befindet, durch die sie hindurch gehen. Dahinter befindet sich eine große, parkähnliche Wiese, die zur Burg gehört. Mitten auf der Wiese steht Erusius und wartet bereits auf sie.

>>Kommt bitte zu mir<<, ruft Erusius und winkt alle zu sich hin. >>Hallo alle zusammen, schön, dass ihr hier seid. Ich werde euch heute lehren, wie ihr auf den Einhörnern reitet. Das Einhornreiten zu beherrschen, ist sehr wichtig, da ihr bestimmt ihre Hilfe bald brauchen werdet. Aber vorab möchte ich euch sagen, dass die Einhörner auch sehr eigenwillige Wesen sind. Entweder sie gehorchen euch oder sie haben keine Lust und werfen euch dann ab. Wenn ihr aber einmal eine Freundschaft zu einem Einhorn aufgebaut habt, dann könnt ihr eure Bindung immer weiter ausbauen und sie werden euch immer helfen, wenn ihr

zusammen unterwegs seid. Wenn ihr euch aber nicht auf sie einlasst und sie grundsätzlich ablehnt oder ihr gar Angst vor den Einhörnern habt, dann habt ihr keine Chance, dass sie es zulassen, auf ihnen zu reiten. Also, Angst braucht ihr definitiv keine zu haben – lasst euch einfach auf sie ein, dann wird nichts schiefgehen. Seid ihr bereit und wollen wir mit den ersten Reitversuchen beginnen?«

Die sechs Jugendlichen nicken zustimmend.

Robert sagt schmunzelnd: »Also ich bin ja schon gespannt, aber ich kann weit und breit keine Einhörner sehen.«

Es ist wirklich kein einziges Einhorn zu sehen auf der großen parkähnlichen Wiese. Erusius aber lacht.

»Ihr schaut ja auch nicht wirklich in die richtige Richtung. Vielleicht schaut ihr einfach mal nach oben.«

Und tatsächlich, oben auf den Türmen der

Burg befindet sich ein Einhorn, welches jetzt direkt zu Erusius herunterfliegt und neben ihm auf der Wiese landet. Ein wunderschönes Tier. Vollkommen weiß mit einem weißen Horn auf der Stirn und weißen, langen Flügeln. Emily wusste gar nicht, dass Einhörner auch fliegen können.

Erusius streichelt das Einhorn und fügt dann hinzu, »Dies hier ist ein sehr zugängliches Einhorn. Ich habe dieses ausgewählt, weil es für den Unterricht einfach am besten geeignet ist, gerade, wenn ihr die ersten Reitversuche macht. So, wer möchte beginnen?«

Peter fragt ängstlich: »Das heißt, das kann auch fliegen und wir sollen da drauf und dann fliegt das los?«

»Ja, da hast du recht. Deswegen müssen wir ja üben, dass ihr euch auch gut festhaltet, wenn ihr fliegt. Es ist aber ein tolles Gefühl, wenn ihr Nornhie mal von oben seht. Peter, wenn du schon so fragst, möchtest du vielleicht beginnen?«

Peter zögert.

>>Komm schon, du brauchst keine Angst zu haben. Und denk an meine Worte, wenn du Angst hast, dann lässt es nicht zu, dass du auf ihm reitest. Also bleib ganz ruhig und lass dich einfach darauf ein<<, sagt Erusius und winkt Peter zu sich hin.

Sehr zögerlich geht Peter auf das Einhorn zu. Erusius streichelt das Einhorn und Peter macht es ihm gleich. Dann hilft Erusius Peter beim Aufsitzen. Emily kann die Angst in Peters Augen sehen, als er auf dem Einhorn sitzt.

>>So, Peter, dann lass ich jetzt los. Halte dich gut an der Mähne fest und habe bitte keine Angst! Lass dich einfach darauf ein. Ihr werdet kurz eine Runde über die Burg fliegen und dann wieder hier landen.<<

Peter nickt nur kurz und bringt vor Angst kein Wort mehr heraus. Erusius lässt das Einhorn los und plötzlich fängt das

Einhorn an, sich wild um sich zu drehen und zu bocken. So lange, bis Peter vom Rücken abgestoßen wird und runterfällt. Alle anderen müssen sich ein kurzes Lachen verkneifen. Peter hält sich kurz seinen Rücken vor Schmerzen.

>>Ist alles okay, Peter?<<, fragt Erusius besorgt.

>>Ja, nur mein Rücken schmerzt ein wenig, aber sonst geht es eigentlich.<<

>>Okay, dann mach erstmal eine Pause. Das erste Mal ist immer ein wenig schwierig. Das wird schon<<, tröstet Erusius Peter.

Peter geht wieder zurück zu den anderen.

>>Okay, wer möchte als nächstes?<<, fragt Erusius in die Runde.

Joe geht direkt und selbstsicher auf Erusius zu.

>>Okay, Joe. Dann setz dich mal auf den Rücken und halte dich bitte gut fest. Und bitte vergiss nicht, hab keine Angst! Die

Einhörner merken das und lassen es dann nicht zu!<<

Joe setzt sich auf das Einhorn und klammert sich mit seinen Händen in dem Schweif des Einhorns fest. Erusius lässt das Einhorn los und es läuft plötzlich sehr schnell zur Mitte der Wiese. Kurz vor einem Baum hebt es ab und fliegt nach oben. Emily sieht, wie Joe sich noch mehr an dem Einhorn festhält, damit er nicht runterfällt. Gerade bei der Höhe würde er sich bestimmt weitaus mehr an Verletzungen zuziehen, als ein wenig Rückenschmerzen, wie Peter es hat. Das Einhorn fliegt eine kurze Runde über die Burgmauern und landet dann wieder neben Erusius auf der Wiese. Joe steigt ab und ist stolz, dass er es geschafft hat.

>>Gut gemacht Joe!<< Erusius ist ebenfalls stolz und freut sich, dass es doch bereits bei einem geklappt hat mit dem Fliegen. Jetzt möchte es auch Emily endlich ausprobieren und geht auf Erusius zu.

>>Ah, da haben wir ja die nächste, die es gerne ausprobieren möchte, nicht wahr Emily?<<, fragt Erusius.

Emily nickt. Sie klettert wie selbstverständlich auf das Einhorn und hält sich an der Mähne fest. Angst hat sie keine. Sie freut sich eher, dass sie mal mit einem so schönen Tier fliegen darf. Wann wird sie jemals wieder so eine Gelegenheit bekommen?

>>Okay, Emily, gut festhalten!<< Erusius geht ein paar Schritte vom Einhorn weg, das sofort wieder losrennt. Diesmal steigt es viel schneller in die Luft. Emily klammert sich sehr an der Mähne fest, um nicht hinunter zu fallen, aber nach einer Weile bemerkt sie eine nicht erklärbare Verbindung zwischen ihr und dem Einhorn. Sie hat das Gefühl, dass das Einhorn auf sie aufpasst. Über den Burgmauern bekommt sie endlich ein Gefühl für das Fliegen und setzt sich jetzt aufrechter hin, um die Aussicht und das Gefühl des Fliegens mehr

genießen zu können. In der Ferne sieht sie das Dorf, welches sie bei der Ankunft bereits vom Weiten gesehen hat. Alles sieht so friedlich aus.

Das Einhorn hat jetzt seine Runde über die Burgmauern fast beendet und setzt wieder zur Landung an, als Emily plötzlich in der Ferne dunkle Berge sieht.

>>Warte, noch nicht landen, das möchte ich nochmal sehen<<, denkt Emily.

Das Einhorn scheint ihre Gedanken irgendwie zu hören oder zu spüren und fliegt nochmal nach oben und bleibt kurz mit Flügelschlägen in der Luft stehen.

Vor den Bergen liegt das wunderschöne, helle Dorf. Dahinter hohe Berge. Die ersten sind noch hell, aber dahinter ist es tiefschwarz, schon fast unheimlich.

Plötzlich hört Emily, wie Erusius laut pfeift. Das Einhorn setzt daraufhin dann doch wieder zur Landung an und landet direkt neben Erusius. Emily klettert vom

Einhorn wieder herunter und streichelt dieses nochmal. Sie flüstert leise in das Ohr des Einhorns: >>Danke<<.

Erusius scheint nicht so erfreut darüber zu sein, dass das Einhorn nicht sofort wieder gelandet ist, aber er lässt sich nichts anmerken.

Als nächstes ist Jack dran. Zuerst lehnt ihn das Einhorn ab, wahrscheinlich weil er immer so ernst ist. Vielleicht mag er ja auch selbst keine Einhörner, denkt sich Emily. Aber auch er schafft eine Runde ganz gut und steigt anschließend, wie selbstverständlich, wieder von dem Einhorn ab.

Nach und nach schafft es mehr oder weniger, jeder von den sechs Jugendlichen, wenigstens eine Runde mit dem Einhorn über den Burgmauern zu fliegen – bis auf Peter.

>>So. Ihr habt das heute alle wirklich sehr gut gemacht für das erste Mal! Ich bin zuversichtlich, dass ihr alle gute

Einhornreiter werdet und auch du Peter, wirst es bestimmt beim nächsten Mal schaffen. Ich hätte nicht gedacht, dass ihr es so schnell lernen würdet, aber ich bin sehr froh, dass es schon so gut bei euch funktioniert. Ich freue mich schon sehr auf unsere nächste Unterrichtsstunde mit euch, wenn wir wieder auf den Einhörnern reiten.‹‹

Die sechs Jugendlichen sind nach der Stunde dann doch noch begeistert von den Einhörnern und dem Fliegen. Selbst die Jungs, bis auf Peter. Er ist ziemlich enttäuscht, dass er es noch nicht geschafft hat. Robert versucht ihn damit zu vertrösten, dass es ja nicht gleich bei jedem immer direkt funktionieren kann.

Emily freut sich auch schon auf die nächste Stunde, aber das, was sie dort oben gesehen hat, lässt sie nicht los. Sie will unbedingt wissen, was sich hinter den Bergen befindet. Sie will es mit eigenen Augen sehen, wovon alle reden. Vielleicht, um sich selbst davon zu überzeugen und zu sehen, ob sie weiterhin helfen möchte oder es doch lieber sein lässt und nach dem halben Jahr zurück zu ihrer Familie fährt.

Einzelstunden

Am nächsten Tag stehen die ersten Einzelstunden auf dem Stundenplan. Jeder soll mit seinem Wissenden versuchen, seine eigene Fähigkeit zu erkennen und dann zu vertiefen.

Emily ist daher heute mit Erusius zur Einzelstunde verabredet. Für die Einzelstunden wird immer ein ganzer Tag geplant.

Die anderen fünf Jugendlichen sind bereits bei ihren Wissenden – nur Emily noch nicht.

Am gestrigen Abend hat Erusius Emily noch mitgeteilt, dass er vor der Einzelstunde mit ihr, noch etwas Wichtiges zu erledigen hat und sie deshalb erst kurz vor Mittag anfangen können.

Aus diesem Grund macht sich Emily erst jetzt auf den Weg wieder zu der Wiese, auf der immer der Einhornunterricht stattfindet. Auf dem Weg dorthin hört sie in dem langen Burgflur laute Geräusche. Es scheint Jack mit seinem Wissenden zu sein.

Die Tür des Raumes, aus welcher die Geräusche kommen, steht einen kleinen Spalt auf. Emily ist sehr neugierig und schleicht sich leise an die Tür, um durch den Spalt schauen zu können.

>>Ja, sehr gut machst du das. Du musst nur noch lernen, dies gezielt einzusetzen und besser zu treffen.<< Akros ist wohl sehr begeistert von Jack, der seine Fähigkeit bereits erlernt hat – zumindest scheint es so.

>>Los, versuch es nochmal mit dem Becher hier<<, sagt Akros.

Emily möchte gerade schauen, was Jack mit dem Becher macht, als sie von hinten jemand antippt. Emily dreht sich erschrocken um.

>>Na Emily, bist du mal wieder neugierig? Musst du nicht längst bei deinem eigenen Unterricht sein?<<

Arus steht vor ihr und es ist schwer zu erkennen, ob er lächelt oder es ernst meint und nicht erfreut darüber ist, dass Emily hier steht und an der Tür lauscht.

>>Ja,… ähm … ich habe heute erst später Unterricht. Aber ich bin gerade auf dem Weg dorthin<<, antwortet Emily mit nervöser Stimme.

>>Ja, dann beeile dich. Erusius wartet bestimmt schon auf dich!<<

>>Ja, mach ich.<< Emily geht schnell weiter Richtung Tür, die sie nach draußen zu Erusius führt.

Sie ist ein wenig verärgert. Gerade in dem Moment, als sie fast gesehen hätte, was Jack für eine Fähigkeit hat, erwischt sie Arus. Immer noch ein wenig verärgert und enttäuscht, geht Emily durch die Tür nach draußen.

Draußen auf der Wiese wartet bereits Erusius. Emily geht direkt auf ihn zu.

>>Hallo Emily. Schön, dass du da bist.<<

>>Hallo Erusius<<, begrüßt Emily Erusius.

>>Komm, wir setzen uns zu Beginn erst einmal auf die Steine dort vorne und versuchen in Ruhe herauszufinden, welche Fähigkeit du bei deiner Geburt erlangt hast, indem wir über deine außergewöhnlichen Erlebnisse reden<<, sagt Erusius und zeigt auf einige Steine, nicht weit von ihnen entfernt.

Sie setzen sich hin und Emily bemerkt erst jetzt, wie schön es auf der Wiese eigentlich ist. Die Sonne scheint hellleuchtend auf die tiefgrüne Wiese. Es sieht alles einfach so friedlich aus. Es ist gar nicht vorstellbar, dass es auch jemals anders hier sein könnte.

>>Als ich dich abholte, hast du mir erzählt, dass du bereits einige Erfahrungen in der Vergangenheit gemacht hast, die für dich unerklärlich schienen. Zum Beispiel mit dem Hund, dem Zahnputzbecher…<<, erinnert sich Erusius an ihr erstes gemeinsames Gespräch in

Emilys Elternhaus. »Erzähle doch noch mal, was hast du da gemacht und was fandest du an der Situation außergewöhnlich?«

Emily überlegt kurz und versucht sich an die Situationen noch einmal zu erinnern.

Emily wiederholte kurz die Geschichten, die sie Erusius schon im Haus ihrer Eltern erzählt hat.

»Aber genau diese Situationen sind die, die auf deine Fähigkeit hinweisen, die du hast. Bei unserer ersten Einhornflugstunde bist du auf dem Einhorn geritten. Ihr seid über die Burg geflogen und als Einzige von allen bist du noch für einen kurzen Moment mit dem Einhorn in der Luft stehen geblieben. Da wollte ich dich eh noch unter vier Augen fragen, was du, beziehungsweise ihr, da oben gemacht habt? Ich kann mir nicht vorstellen, dass das der Wille meines Einhorns war, denn es ist ausgebildet für die Flugstunden und hört eigentlich nur auf das, was ich ihm sage

und gestatte<<, sagt Erusius und schaut
sie mit ernstem Blick an.

Emily weiß zunächst nicht, was sie darauf
antworten soll. Soll sie ihm erzählen,
dass sie sich für die Dunkelheit hinter
den Bergen interessiert hat? Vielleicht
wäre es besser, wenn er das lieber nicht
erfährt. Nicht, dass er sich dann Sorgen
macht, dass sie sich nicht an die Regeln
der Wissenden hält. Zumindest sollte er es
solange nicht erfahren, bis sie alle
ausgebildet sind.

>>Ähm … also … ich weiß nicht. Irgendwie
kam das einfach so. Ich … ich habe da
hinten das schöne Dorf gesehen und wollte
mir das nochmal von oben anschauen. Und
als das Einhorn wieder landen wollte, kam
es mir so vor, als ob es meine Gedanken
hören konnte. Daraufhin ist es wieder
hochgeflogen und für einen Moment in der
Luft stehen geblieben…<<

Erusius schaut zunächst ein wenig
verwundert, aber es scheint so, als würde

er ihr dann doch glauben. Er bringt ein Lächeln heraus und scheint so glücklich zu sein über das, was Emily ihm gerade erzählt hat.

>>Oh ja, ich habe es mir schon gedacht. Ich wusste es … deswegen wollte ich dich auch unbedingt abholen und mit nach Nornhie nehmen, weil ich es schon geahnt habe<<, sagt Erusius glücklich und steht auf.

>>Was denn? Was hast du schon vorher geahnt? Und was hat das damit zu tun, dass gerade du mich abholen wolltest?<< Emily ist sehr überrascht über Erusius überschwängliche Freude.

>>Emily, ich freue mich, weil ich dich mit meiner Tätigkeit als Einhornreitlehrer in deiner Fähigkeit ausbilden kann.<< Erusius strahlt über das gesamte Gesicht.

>>Ich verstehe das immer noch nicht. Was hat meine Fähigkeit mit Einhörnern zu tun, wenn wir eben von einem Hund, einem

Zahnputzbecher und meiner ersten Einhornflugstunde geredet haben?<< Emily ist verwirrt und hofft auf eine gute Antwort auf ihre Fragen.

Erusius setzt sich jetzt wieder neben Emily.

>>Emily, wenn du dir alle deine Erlebnisse, und da waren bestimmt bis jetzt nicht nur die drei Situationen, die du gerade eben beschrieben hast, mal in Erinnerung rufst und dann schaust, wie du alle Sachen und Wesen dazu gebracht hast, das zu tun, was du von ihnen wolltest, ob bewusst oder unbewusst … überleg mal!<< Erusius schaut sie mit großen Augen an und wartet gespannt, ob Emily selbst auf ihre Fähigkeit kommt.

Emily überlegt kurz. >>Ja, also … bevor das alles immer passierte habe ich immer gedacht…<<

Erusius fällt Emily ins Wort. >>Genau, du hast gedacht! Durch deine Gedanken reagieren die Wesen auf dich!«

»Das heißt, ich denke einfach an irgendwas, was ich gerne so möchte, und dann passiert das auch? Mit allem?«

Erusius lächelt. »Nein, so einfach ist das leider nicht. Wir müssen deine Fähigkeit auf eine Sache konzentrieren. Das heißt, dass du nur stärker in deiner Fähigkeit wirst, wenn du dich auf eine Sache konzentrierst, also auf ein Wesen, mit welchem du mit deinen Gedanken zu einer Einheit wirst. Es ist sehr schwierig zu erklären, aber … mhm … du hast es ja schon irgendwie geschafft, dass du mit dem Einhorn beim Fliegen kommunizieren kannst, auch wenn es nur ein ganz kurzer Moment war. Da wart ihr aber auch sehr nah beieinander. In allen Situationen warst du immer in der Nähe der Wesen oder Dinge, die du beeinflusst hast. Wir müssen versuchen, dass du es schaffst, mit diesen Wesen bereits aus weiter Entfernung Kontakt aufzunehmen, damit sie dir in bestimmten Situationen auch helfen können. Ich denke, daran müssen wir arbeiten. Aber das bekommen wir schon hin.<<

>>Aber … okay. Das, was du sagst, verstehe ich ja und wenn ich mal genauer darüber nachdenke, dann klingt das für mich auch plausibel. Und jetzt soll ich, wenn ich das richtig verstehe, mit den Einhörnern reden, ach ne, denken, oder…?<< Emily ist verwirrt.

>>Genauso ist das! Und ich helfe dir dabei.<< Erusius springt wieder von seinem Platz auf und scheint voller Elan zu sein und sich schon sehr darauf zu freuen, Emily auszubilden.

Emily hingegen ist noch nicht so euphorisch wie Erusius. Sie soll mit Einhörnern mithilfe ihrer Gedanken reden? Ob sich Erusius da so sicher ist, dass gerade sie so eine Fähigkeit hat? So ganz kann Emily das noch nicht glauben, aber sie lässt sich ja sehr gerne überraschen.

>>Komm Emily, ich zeige dir etwas.<<
Erusius winkt Emily zu sich heran und geht
in Richtung des Waldes, welcher unweit der
Wiese vor ihnen liegt. Emily steht nun
ebenfalls auf und folgt Erusius. Sie gehen
einen kleinen Weg durch den Wald. Die
Bäume sind mit weißen Blättern besetzt.
Diese sehen wie kleine Tautropfen aus, die
in dem Sonnenlicht glitzern. Nach einem
kurzen Weg durch die Bäume, kommen Erusius
und Emily zu einer Waldlichtung. Vor ihnen
liegt ein kleiner Teich mit hellblauem
Wasser.

Emily kann kaum glauben, was sie da sieht.
Auf der Lichtung befinden sich acht, nein,
vielleicht auch zehn Einhörner, die
entweder in der Wiese liegen und sich
sonnen oder aus dem Teich trinken. Alle
sind weiß und haben große weiße Flügel.
Emily kommt aus dem Staunen kaum heraus.

>>Darf ich dir die Einhörner vorstellen?<<,
lächelt Erusius.

>>Es sind längst nicht alle, aber einige

von ihnen, die noch übriggeblieben sind.<<

Emily ist so überwältigt, dass sie zuerst kein Wort herausbringt. Plötzlich kommt ein Einhorn direkt auf sie zu. Emily erkennt es sofort. Es ist das Einhorn aus der ersten Einhornflugstunde.

Erusius begrüßt und streichelt es sofort. Emily streichelt es ebenfalls.

>>Und … und sind die immer alle hier?<<

Erusius lächelt.

>>Nein, nicht nur hier. Sie fliegen dorthin, wo sie keiner so schnell findet und sieht. Da, wo sie sicher sind. Und dies hier ist einer dieser Orte, der noch Sicherheit bietet und wo sie ungestört sein können.<<

Erst jetzt betrachtet Emily die Einhörner etwas genauer aus der Entfernung. Irgendwie sehen alle fast gleich aus. Weiß, wunderschönes Fell, mit einem weißen Schweif und weißen Flügeln. Aber eines hebt sich von den anderen ab. Es ist schwarz anstatt weiß. Nur auf der Stirn befindet sich ein weißer Fleck und die Flügelspitzen sind ebenfalls weiß. Es liegt zusammen mit einigen anderen Einhörnern auf der Wiese.

>>Was ist denn mit dem Einhorn dort mit den weißen Flecken?<<, fragt Emily.

>>Ah, du interessierst dich für Luzerno. Das hätte ich mir denken können.<< Erusius lacht.

>>Luzerno?<<, fragt Emily.

>>Ja, Luzerno ist ein wenig anders als die anderen und das nicht nur vom Aussehen. Er ist ein wenig wilder, aber auch schneller als alle anderen. Geh ruhig hin, wenn du möchtest. Aber achte darauf, lieber Abstand zu halten, wenn er sich von dir abwendet, falls du auf ihn zugehst.<<

Emily ist nicht ängstlich, aber sie hat schon ein wenig Respekt vor Luzerno. Dennoch geht sie langsam auf ihn zu, da er sie mit seinem Aussehen so sehr fasziniert. Luzerno bemerkt dies sofort und stellt sich hin. Er macht zumindest noch keine Anstalten, dass er weglaufen möchte.

Emily geht direkt auf ihn zu und steht nun kurz vor ihm.

Aus der Nähe kann sie ihn noch viel genauer betrachten. Er sieht so wunderschön aus. Viel schöner als die anderen, findet Emily.

Sie streckt ihre Hand zu ihm aus, um sein schönes Fell berühren zu können. Kurz bevor sie ihn berührt, macht er einen Satz nach hinten und rennt in den Wald. Emily fällt durch das plötzliche Aufschrecken von Luzerno nach hinten auf die Wiese.

>>Alles okay Emily? Hast du dir etwas getan?<< Erusius läuft zu Emily und hilft ihr auf.

>>Nein, alles gut. Nichts passiert. Ich glaube, er wollte von mir nicht gestreichelt oder berührt werden<<, sagt

Emily und schaut in das Waldstück, in welches Luzerno gerannt ist.

>>Mach dir keine Gedanken. Man muss erst schauen und herausfinden, welches Einhorn zu einem auch passt und welches einem auch gestattet, auf ihm zu reiten. Das ist gar nicht so einfach, denn die haben ja auch ihren eigenen Willen. Und Luzerno erst recht. Ich glaube, er würde fast niemanden an sich ranlassen. Selbst ich, obwohl ich schon seit Jahrzehnten mit Einhörnern zusammenarbeite, darf ihn nicht berühren. Ich glaube einfach, er möchte immer in Ruhe gelassen werden … Schau mal, wir werden schon noch das richtige Einhorn für dich finden, welches sich auf deine Führung einlässt.<<

Erusius scheint davon wirklich überzeugt zu sein, denkt Emily. Sie selbst kann das nach der Erfahrung noch nicht so ganz glauben.

>>Aber wie soll ich denn herausfinden, welches Einhorn zu mir passt? Soll ich

jetzt auf alle zugehen und schauen,
welches nicht vor mir wegläuft?«

»Nein. Ich glaube, einige lassen sich
bestimmt auch von dir streicheln, denn
nicht alle sind so wild wie Luzerno.«
Erusius lacht. »Du wirst es schon selbst
fühlen, welches für dich das Richtige ist.
Und das Einhorn wird es ebenfalls fühlen
und dann auf dich zukommen. Solange musst
du jedoch warten. Bis dahin ist es
wichtig, dass du so viel Zeit wie möglich
bei den Einhörnern verbringst, damit sie
dich auch kennenlernen und damit auch die
Chance besteht, dass du eines findest und
das Einhorn auch dich findet. Aber wir
haben ja noch Zeit und viele
Einzelstunden. Bis dahin werden wir in den
Einhornflugstunden noch deine
Reittechniken verbessern, damit du auch
später auf deinem Einhorn gut reiten
kannst, denn sonst bringt das alles ja
auch nichts. Das ist ja die zweite
Voraussetzung für die Zusammenarbeit
zwischen dir und dem Einhorn.«

>>Aber eines verstehe ich noch nicht...<<, sagt Emily und schaut Erusius dabei fragend an. >>Wir alle lernen doch, auf den Einhörnern zu reiten. Aber warum ist dann meine Fähigkeit so besonders, wenn wir doch alle reiten? Das ist doch dann nichts Besonderes! Wie soll ich die anderen im Kampf so unterstützen?<< Emily ist verwirrt.

>>Natürlich müsst ihr es alle lernen, auf Einhörnern zu reiten und fliegen zu können! Das ist sehr wichtig, damit ihr schneller von einem zum anderen Ort kommen könnt, egal in welcher Situation. Aber du, und nur du, hebst dich von den anderen dann davon ab, dass du dein Einhorn, wenn du dann das Richtige für dich gefunden hast, mit deinen Gedanken rufen kannst, auch wenn es nicht in der Nähe ist oder du es sehen kannst. Die anderen sind darauf angewiesen, dass die Einhörner in greifbarer Nähe sind, damit sie auf ihnen reiten können. Außerdem sollte es zu einem Kampf gegen die Robus kommen, und das wird

es definitiv, ist es vorteilhaft, dass du mit dem Einhorn dann kommunizieren kannst, ohne mit ihm zu reden. Das heißt, du kannst es lenken, ihm sagen, wo es hinfliegen soll, ohne dass du mit ihm redest! Und die Robus können nicht hören oder vorab wissen, wohin ihr gerade fliegt und welche Richtung ihr einschlagt. Das ist wirklich sehr vorteilhaft in so einer Situation. Und das können die anderen nicht.<< Erusius legt seine Hände auf Emilys Schultern. >>Verstehst du jetzt, wie wichtig es ist, dass du bei uns bleibst und uns hilfst?<<

Erwartungsvoll wartet er auf Emilys Antwort. Aber was soll Emily darauf antworten? Es ist alles so unwirklich, die Einhörner, die Burg, die Robus. Solange sie nicht gesehen hat, wofür sie hier ist und wogegen sie zusammen mit den anderen kämpfen soll, und solange sie nicht wirklich glauben kann, was Erusius über ihre Fähigkeit sagt und sie auch weiß, wie sie diese einsetzen kann, solange würde sie noch keine Entscheidung zwischen ihren Eltern, Geschwistern und Freunden auf der einen und Nornhie auf der anderen Seite treffen können.

Da Erusius sie aber so erwartungsvoll anschaut, bringt sie nur ein leises »Ja« heraus. Erusius scheint das aber zu reichen.

Er lächelt und legt einen Arm um ihre Schultern: »Aber für heute reicht das erstmal. Es ist auch schon Zeit für das Abendessen. Komm Emily, wir dürfen nicht zu spät kommen, sonst ist das Beste vom Essen schon weg.«

Emily schaut sich noch einmal um, ob Luzerno wieder zurückgekommen ist, aber er ist weit und breit nicht mehr zu sehen. Also gehen Erusius und Emily zurück zur Burg zum Speisesaal, in dem bereits alle anderen auf ihren Plätzen sitzen.

Es hat sich im Gegensatz zu dem ersten Tag nach ihrer Ankunft einiges an der

Platzordnung im Speisesaal geändert. Jetzt sitzen alle Wissenden mit Arus an einem Tisch und Jack, Joe, Robert, Peter, Alicja und Emily an einem separaten Tisch, der einige Meter hinter dem Tisch der Wissenden steht.

>>Hey Emily! Komm hierüber, ich habe dir einen Platz frei gehalten<<, ruft Alicja Emily entgegen.

Emily geht zu ihr und setzt sich auf den Platz neben ihr.

>>Und … wie war es bei dir heute so? Hast du schon etwas herausgefunden, welche Fähigkeit du hast?<<, fragt Alicja neugierig.

Robert, Peter und Joe sind ebenfalls gespannt auf ihre Antwort. Jack isst bereits seine Suppe und ist wie immer sehr desinteressiert.

>>Naja, war nicht so gut. Erusius und ich haben erstmal versucht herauszufinden, was ich denn kann. Aber ausprobieren konnte

ich es noch nicht. Ich bin mir auch gar nicht sicher, ob das alles so stimmt, was Erusius meint, was ich angeblich kann…<<, sagt Emily und ist ein wenig enttäuscht von ihrer ersten Stunde, da sie eigentlich mehr erwartet hätte.

>>Na, mach dir nichts daraus. Bei uns allen war es auch noch nicht so toll. Peter weiß noch nicht mal, was er für eine Fähigkeit hat. Das konnte er heute zusammen mit seinem Wissenden noch nicht herausfinden. Joe weiß es jetzt zumindest, aber seine ersten Übungen waren wohl auch nicht so toll.<< Alicja lacht.

>>Wirklich? Was kannst du denn?<<, fragt Emily gespannt und schaut Joe an.

>>Also … ich kann wohl Dinge zu mir ziehen mit meinen Gedanken<<, antwortet Joe.

>>Zu dir ziehen? Wie denn das?<<, fragt Emily daraufhin.

>>Also … ich will es jetzt nicht ausprobieren, weil ich das auch hier noch

nicht darf. Außerdem will ich nicht, dass ihr gleich alle nass seid.<< Joe lacht. >>Also, ich könnte zum Beispiel dein Glas Wasser mit meinen Gedanken in meine Hand befördern.<< Joe zeigt auf Emilys Glas.

>>Wow, mach das doch mal!<<, sagt Emily und kommt aus dem Staunen nicht mehr heraus.

>>Nein, lieber nicht. In der Einzelstunde habe ich schon so viel zu Bruch gebracht, dass Nesu schon ganz verzweifelt war und die Stunde dann erstmal abgebrochen hat. Ich schaff es einfach noch nicht zu treffen. Alles landet einfach da, wo es nicht hin soll. Ich kann es noch nicht kontrollieren.<<

Nesu ist einer von den Wissenden, der Joe von zuhause abgeholt hat und jetzt mit ihm an Joes Fähigkeiten arbeitet.

>>Okay. Aber zumindest weißt du, dass du eine Fähigkeit hast, und kannst die irgendwie auch schon einsetzen, was bei mir ja noch nicht der Fall ist<<, sagt

Emily enttäuscht. »Kann denn sonst noch jemand irgendwas?« Emily schaut zu Jack.

Der schaut sie ebenfalls an, aber antwortet natürlich mal wieder nicht. Emily weiß aber genau, dass er schon etwas kann, denn sie hat es ja auf dem Weg zu ihrer ersten Einzelstunde im Flur gehört, als er mit Akros zusammen trainiert hat.

»Nun ja, ich habe es noch nicht ausprobieren können, aber ich weiß zumindest auch schon, welche Fähigkeit ich habe. Mein Wissender, also Arabus, hat mit mir zusammen überlegt, was mir in meiner Kindheit bis jetzt Außergewöhnliches passiert ist. Daraufhin haben wir herausgefunden, dass ich mit Wind arbeiten kann - oder sagen wir es mal so, dass ich den Wind beeinflussen kann. In welche Richtung er weht. Aber wie das genau funktioniert, weiß ich noch nicht«, antwortet Robert.

»Das hört sich aber doch super an! Und du Alicja?«, fragt Emily.

>>Ich habe mit Axis zusammen überlegt, welche Fähigkeit mich auzeichnet. Es hat ewig gedauert, bis ich mal selbst darauf gekommen bin. In der Schule war ich immer sehr, sehr schnell und konnte weit springen. Naja, in der Schule natürlich nicht so weit wie hier. Axis meint, ich werde hier, wenn ich es richtig kann, mit Sicherheit zehn Meter, vielleicht auch 20 oder 30 Meter weit springen können, wenn ich genug Anlauf habe. Er denkt, dass die Schnelligkeit und das Weitspringen im Kampf sehr gut helfen können, da die Robus ja fliegen können und dadurch auch sehr schnell sind. Und wenn man die überlisten möchte, muss man schnell sein und springen können. Ich bin mal gespannt, ob sich das so bewahrheitet, was Axis sagt, und ob ich wirklich so weit springen werde.<< Alicja lacht.

Mittlerweile haben alle aufgegessen und machen sich jetzt auf den Weg in ihre Schlafgemächer. Emily und Alicja wünschen den Jungs noch eine gute Nacht und gehen dann ebenfalls in ihr Zimmer, um sich in ihre Betten zu legen, da es wieder ein sehr anstrengender Tag war.

>>Schlaf gut, Emily. Und mach dir keine Gedanken wegen der ersten Stunde. Du wirst deine Fähigkeit auch noch besser erlernen. Bestimmt schneller als du denkst<<, sagt Alicja und kuschelt sich in ihr Bett ein.

>>Ja, vielleicht hast du Recht. Schlaf gut Alicja<<, antwortet Emily und macht das Licht aus.

Emily kann aber noch nicht einschlafen. Sie muss die ganze Zeit an Luzerno denken. Wie schön er doch war und wie gern sie ihn gestreichelt hätte. Wenn Erusius recht hat und man es fühlt, welches Einhorn zu einem passt, dann hat sie doch in dem kurzen Moment, in dem sie vor Luzerno stand, gespürt, dass es eine Verbindung zwischen ihnen gibt. Aber warum hat das dann Luzerno nicht auch gespürt? Oder will er es einfach nicht? Vielleicht fühlt es ja nur sie selbst im Gegensatz zu Luzerno, und aus diesem Grund passen sie nicht zusammen. Emily wird langsam doch so müde, dass sie nach dem anstrengenden Tag einschläft.

Der Ausflug

Emily und Alicja kommen zum Frühstück in den Speisesaal und setzen sich an ihren Tisch. Die Stühle der Jungs sind noch leer, aber das ist nicht ungewöhnlich. Robert, Jack, Joe und Peter sind fast täglich zu spät. Die Wissenden und auch Arus sitzen bereits ebenfalls am benachbarten Tisch.

Auf jedem der Tische stehen wie jeden Morgen verschiedene Sorten an Brötchen, Brot, Marmelade, Honig, Wurst, Käse, Rührei, Schinken und eigentlich alles, was man sich für ein leckeres Frühstück vorstellen kann. Alicja und Emily greifen sofort zu und beginnen mit dem Essen.

Endlich kommen auch die Jungs zum Frühstück und setzen sich ebenfalls zu Emily und Alicja an den Tisch.

>>Guten Morgen<<, begrüßt Robert Emily und Alicja und zwinkert Alicja zu. Emily muss schmunzeln und begrüßt Robert und die

anderen Jungs ebenfalls.

Arus steht von seinem Platz auf.

>>Guten Morgen ihr Lieben. Schön, dass ihr jetzt alle vollständig seid<<, sagt Arus mit einem ernsten Unterton und schaut kurz zu Robert, Joe, Jack und Peter. Diese trauen sich gar nicht zurückzuschauen, da sie mal wieder unpünktlich waren.

>>Nun ja, die Wissenden und ich haben uns überlegt, dass ihr heute zusammen mit Erusius und Akros einen Ausflug in das nahegelegene Dorf Fuga machen dürft. Das bedeutet, der Unterricht fällt heute aus und ihr werdet zusammen mit den beiden die Einkäufe für die nächste Woche im Dorf erledigen und das Dorf kennenlernen. So seht ihr auch mal etwas von unserem schönen Land. Aber ich möchte euch bitten, dass ihr immer in der Nähe von Erusius und Akros bleibt. Keine Ausnahmen! Es ist wirklich zu gefährlich für alleinige Ausflüge. Also, bleibt immer in der Nähe von den beiden und hört auf das, was sie

sagen! So, dann lasst euch das Frühstück erstmal schmecken. Jedenfalls wünsche ich euch heute viel Spaß bei eurem gemeinsamen Ausflug!<<

Arus schaut noch kurz in die begeisterten Gesichter der Schüler und setzt sich dann wieder mit einem Lächeln auf seinen Stuhl.

Alicja dreht sich zu Emily um und freut sich. >>Wow, wir dürfen hier mal raus! Ich kann das gar nicht glauben. Bis jetzt durften wir ja noch nicht mal einen Fuß vor die Tür setzen.<<

>>Dann haben wir ja heute mal einen Tag frei. Wird auch mal Zeit, wenn man jeden Tag, selbst sonntags, Unterricht hat. Also ich finde, das haben wir uns wirklich verdient<<, sagt Robert.

>>Ich bin schon gespannt, wie das Dorf aussieht und wer da lebt<<, fügt Emily der Unterhaltung hinzu.

Voller Vorfreude essen alle schnell ihre Teller leer und gehen dann in ihre Zimmer, um ihre Rucksäcke mit jeweils einer Flasche Wasser und einem Brötchen zu füllen, welches sich jeder beim Frühstück geschmiert hat.

Erusius und Akros warten bereits draußen auf der Burgwiese, auf der sonst der Einhornunterricht stattfindet. Hinter den beiden stehen fünf weiße Einhörner.

Emily freut sich, dass sie mit den Einhörnern zu dem Dorf Fuga fliegen werden, jedoch wäre sie am liebsten auf Luzerno geritten. Aber Erusius hat ihr ja bereits erzählt, dass Luzerno sehr stur ist und eigentlich niemanden auf sich reiten lässt. Daher wundert es Emily nicht, dass Erusius Luzerno nicht mit dabei hat.

Erusius winkt die sechs Jugendlichen zu sich heran.

>>Kommt bitte ein bisschen schneller zu uns. Viel Zeit bleibt uns heute nicht. Wir müssen vor Einbruch der Dunkelheit wieder

zurück sein.<<

Emily, Joe, Jack, Alicja, Robert und Peter rennen zu Erusius, Akros und den Einhörnern, da sie definitiv nicht den Ausflug verpassen wollen.

>>So, da wir ja jetzt alle vollzählig sind, möchte ich euch nochmal ganz kurz den Ablauf erzählen. Wir werden mit den Einhörnern nach Fuga fliegen. Wir haben Einhörner für Euch ausgewählt, die wirklich sehr zahm und einfach zu reiten sind. Ihr fliegt alle direkt nach Fuga, ohne einen anderen Weg zu nehmen. Wir fliegen als Gruppe dorthin!<< Erusius schaut kurz zu Emily.

Wahrscheinlich, weil sie in der ersten Einhornreitstunde mit dem Einhorn länger in der Luft geblieben ist, als sie durfte und er befürchtet, sie würde seinen Anweisungen nicht folgen.

>>Wir werden auf einer großen Wiese vor dem Dorfeingang landen und dann gemeinsam

in das Dorf gehen. Wenn wir erstmal dort sind, dürft ihr euch kurz für eine Stunde umsehen, während Akros und ich die Einkäufe erledigen. Danach treffen wir uns wieder an einem vereinbarten Treffpunkt. Im Dorf, wenn ihr euch allein umsehen dürft, bleibt ihr alle als Gruppe zusammen! Keiner geht allein irgendwo hin. Wenn sich einer nicht an die Abmachungen hält, werden wir alle direkt wieder umkehren und es wird kein weiterer Ausflug mehr gemacht! Habt ihr das alle verstanden?<<

Erusius schaut mit ernster Miene in die Gruppe. Nach dieser Ansprache traut sich keiner mehr etwas zu sagen, daher nicken nur alle. Jetzt lächelt Erusius erleichtert.

>>Gut, dann würde ich sagen, fliegen wir mal los. Emily, du fliegst mit Alicja zusammen, Robert mit Joe und Jack, du fliegst allein.<<

>>Und mit wem soll ich mitfliegen?<<, fragt

Peter ängstlich und erstaunt, dass sein Name noch nicht gefallen ist.

>>Du fliegst besser mit mir Peter, da deine Reitstunden noch nicht so erfolgreich waren. So kann ich dir vielleicht auf unserem Weg dorthin noch ein paar Sachen zeigen, damit du es besser lernst. Dann schaffst du es bestimmt auch bald allein mit einem Einhorn zu fliegen<<, antwortet Erusius.

Peter ist erleichtert, da er sich in der Nähe von Erusius auf dem Einhorn wohler fühlt, als mit jemand anderen zu fliegen.

Jetzt steigen nun alle auf die jeweiligen Einhörner, so wie es Erusius gesagt hat.

Erusius setzt zum Fliegen an.

>>Ok, dann mal los!<< Erusius pfeift und die fünf Einhörner setzen zum Galopp an. Nach einem kurzen Anlauf fliegen sie hoch in die Luft, über die Burgmauern in Richtung Fuga.

Emily bemerkt während des Fliegens, dass

es sich um genau das Dorf handelt, welches sie bei ihrer ersten Flugreitstunde gesehen hat. Genau das Dorf, das vor den Bergen liegt.

Je näher sie zu dem Dorf kommen, desto mehr sieht Emily die Dunkelheit hinter den Bergen. Ob sich da wohl die Robus befinden? Wie gerne würde Emily mal eben um die Berge fliegen, um kurz zu schauen, warum es dort so dunkel ist und wie die Robus aussehen, falls diese sich überhaupt dahinter befinden. Aber jetzt freut sie sich erst einmal auf das Dorf Fuga.

»So, wir setzen jetzt dort vorne zur Landung an«, ruft Erusius und zeigt auf eine große Wiese, die nicht unweit von dem Eingang des Dorfes entfernt liegt. Erusius ließ Peter während des Fluges und auch jetzt bei der Landung so viel wie möglich selbst machen, damit er das Reiten lernt, auch wenn es immer noch etwas holprig aussieht, wenn Peter die Zügel in die Hand bekommt. Dennoch schafft er es aber mit

Erusius Hilfe, auf der Wiese gut zu landen, genauso wie alle anderen.

>>So, das habt ihr alle gut gemacht! Dann gehen wir mal rein. Folgt mir.<< Erusius steigt von seinem Einhorn ab und macht sich auf den Weg in Richtung des Dorfeingangs. Die sechs Jugendlichen sowie auch Akros folgen ihm. Akros geht jedoch hinter der Gruppe, um alle im Auge behalten zu können.

Der Dorfeingang ist nur über eine Brücke zu erreichen und das ganze Dorf wird durch eine Mauer rundherum geschützt. Der Eingang, der mit weißen Blüten geschmückt ist, führt direkt in die Dorfmitte.

Joe, Jack, Emily, Alicja, Robert und Peter kommen aus dem Staunen nicht mehr heraus. Es ist wie in einem Traum. Ein Ort, an dem man sich direkt wohlfühlen kann und sicher fühlt.

Der Dorfplatz ist gefüllt von den Fugis, denn heute scheint Markt zu sein, da sehr viele Stände mit Obst, Gemüse, Fleisch, Kartoffeln und selbstgemachte Speisen und Getränke zu sehen sind. In der Luft liegt aber nur der schöne Blütenduft der vielen Blüten. Es ist, als wäre die ganze Zeit Frühling.

>>Die sehen ja doch alle ganz normal aus<<, flüstert Alicja und zeigt auf die Dorfbewohner.

>>Was dachtest du denn? Mit großen Ohren oder einer großen Nase?<<, antwortet Joe und lacht.

>>Na ja, ich kann Alicja schon verstehen. Nach allem, was uns erzählt wird über die Robus und so, hat man ja nicht erwartet, dass die Dorfbewohner ganz normal aussehen. Das lässt einen ja doch wieder ein wenig zweifeln, oder nicht?<<, fügt Emily hinzu.

>>Lassen wir uns mal überraschen<<, sagt Jack und schaut Emily an.

Wow, Jack hat mal wieder etwas gesagt.

Kommt ja nicht häufig vor, da er sich sonst anscheinend für niemanden von uns interessiert, denkt sich Emily.

»So, ihr Lieben.« Erusius bleibt in der Mitte des Dorfplatzes vor einem Brunnen stehen.

»Wir sind nun in Fuga angekommen. Akros und ich müssen jetzt einige Einkäufe machen. Das heißt, ihr habt jetzt eine Stunde Zeit, euch hier etwas umzuschauen, bis wir fertig sind. Danach treffen wir uns wieder genau hier an dem Brunnen. Wir werden dann alle anschließend noch eine Kleinigkeit essen gehen und uns dann gemeinsam wieder auf den Rückweg machen. Ihr bleibt aber alle als Gruppe zusammen und bewegt euch nicht aus dem Dorf raus! Gut. Dann wünsche ich euch viel Spaß und wir sehen uns dann in genau einer Stunde wieder hier.« Erusius nimmt seinen Rucksack und macht sich mir Akros auf den Weg zu den Marktständen.

»Mhmm, wohin gehen wir denn mal als

erstes?«, fragt Robert und schaut sich um.

Überall sind Geschäfte zu sehen. Das Dorf ist kreisförmig aufgebaut. Auf dem Dorfplatz scheint der Lebensmittelpunkt zu sein, denn hier finden sich viele Geschäfte und Marktstände. Dahinter sind einige Straßen, die zu den Wohnhäusern führen.

»Ich finde, wir sollten erstmal schauen, was es hier so zum Einkaufen gibt«, sagt Alicja und zeigt auf einige Geschäfte direkt vor ihnen.

Die Jungs scheinen nicht so begeistert von Alicjas Shoppingplänen zu sein, aber da es hier ja sonst nichts gibt, stimmen sie erstmal zu.

In den Schaufenstern der Geschäfte gibt es solche Dinge zu sehen, die es zuhause ebenfalls gibt: Uhren, Schmuck, Kleidung und Möbel. Emily wird aber auf eine kleine Gasse aufmerksam, in der es auch andere

Geschäfte gibt. Sie bleibt vor einem Geschäft stehen, welches Einhornfutter anbietet, während die anderen bereits ein Stück weiter gehen. Nur Jack bleibt neben Emily stehen.

>>Interessierst du dich für das Einhornfutter, Emily?<<

>>Nun ja, nicht direkt. Ich finde das nur alles sehr komisch. Da vorne gibt es alles, was es bei uns zuhause auch gibt. Kleidung, Möbel, Schmuck … Aber hier gibt es endlich mal ein Geschäft, was nicht so normal ist und zu Nornhie passt. Wenn ich nur die Fugis und die Geschäfte sehen würde, dann würde ich nicht daran denken, dass ich hier in einem Land mit ungewöhnlichen Wesen bin<<, antwortet Emily.

>>Ich kann verstehen, was du meinst. Aber ich…<<

Alicja kommt zu ihnen und unterbricht Jacks Worte.

>>Kommt ihr? Wir wollten da vorne noch schauen, bevor wir uns wieder mit Erusius und Akros treffen!<<

Emily schaut jetzt zu Alicja: >>Ja, wir kommen!<< Dann schaut sie wieder kurz zu Jack, bevor sie sich der Gruppe wieder anschließen.

>>Also, jetzt haben wir zumindest alle Schaufenster gesehen. Kaufen können wir ja eh ohne Geld nichts oder womit man hier auch immer bezahlt. Wie lange haben wir denn noch Zeit?<<, fragt Alicja.

>>Noch 20 Minuten<<, antwortet Peter und schaut auf seine Uhr.

>>Gut, was machen wir denn dann noch?<<, fragt Alicja und schaut die anderen erwartungsvoll an.

Emilys Blick wandert wieder zu den hohen Bergen hinter dem Dorf. Vom Dorfplatz aus ist die Dunkelheit hinter den Bergen nicht so gut zu erkennen. Emily entdeckt aber eine Straße mit Wohnhäusern, die näher zu den Bergen führt.

>>Also, wenn ihr nichts dagegen habt, würde ich mir gerne noch die Häuser hier anschauen. Vielleicht können wir ja die Straße dort vorne entlanggehen.<< Emily zeigt genau auf die breite Straße, die näher zu den Bergen führt.

>>Klar, warum nicht<<, antwortet Robert und führt die Gruppe an.

Je mehr sie durch die Straße gehen, desto mehr wird die Dunkelheit hinter den Bergen sichtbar. Emily bleibt kurz stehen.

>>Was hast du? Warum bleibst du stehen?<<, fragt Joe und schaut Emily erwartungsvoll an.

>>Ich frage mich … warum hier alles so hell ist und hinter den Bergen so dunkel…<<

Erst jetzt bemerken auch die anderen, was Emily meint.

>>Keine Ahnung. Wir sollten uns darüber

noch keine Gedanken machen, sondern eher schauen, dass wir nicht zu spät zu Erusius und Akros kommen<<, fügt Jack hinzu.

>>Wie spät ist es denn, Peter?<<, fragt Alicja.

Peter antwortet mit aufgeregter Stimme: >>Oh, oh, wir haben nur noch fünf Minuten Zeit.<<

>>Okay, dann sollten wir uns schnell auf den Rückweg machen<<, sagt Jack.

Robert, Alicja, Joe, Peter und Jack kehren direkt schnellen Schrittes um, nur Emily bleibt noch eine Weile stehen. Jack nimmt sie daher kurz am Arm und sagt: >>Komm, Emily. Nicht, dass wir noch zu spät kommen. Darüber können wir uns später noch Gedanken machen.<<

Er zeigt auf die Berge. Emily nickt und schließt dann gemeinsam mit Jack zur Gruppe auf, um schnell wieder zurück zum Dorfplatz zu Erusius und Akros zu gelangen.

Gerade noch rechtzeitig schaffen es Alicja, Emily, Joe, Jack, Robert und Peter zum vereinbarten Treffpunkt. Erusius und Akros warten bereits auf sie.

»Na da seid ihr ja«, sagt Erusius.

»Ich hoffe, ihr habt euch alles gut anschauen können und hattet ein wenig Spaß! Dann gehen wir mal zu Jaspers. Dort gibt es immer etwas Leckeres zum Essen.«

Erusius streicht sich über seinen etwas rundlichen Bauch und freut sich schon auf das Essen.

Nicht unweit vom Dorfplatz befindet sich die Bar, von der Erusius erzählt hat. Diese befindet sich in einem aus weißem Holz verkleideten Haus, welches mit vielen Blüten verziert ist. Über dem Eingang ist ein Schild angebracht mit der Aufschrift ‚Jaspers'.

Erusius und Akros betreten die Bar als erstes und begrüßen die Besitzer, die sie anscheinend sehr gut kennen.

>>Kommt, wir setzen uns da drüben hin.<<
Akros zeigt auf eine kleine Ecke, in der
ein Tisch für acht Personen steht.

Es ist nicht sehr voll hier in der Bar,
aber die Personen, die hier drinnen
sitzen, scheinen eher nur etwas trinken zu
wollen, als etwas zu essen.

Akros übernimmt die Bestellung für alle
gemeinsam. Das Essen kommt auch sehr
schnell. Es gibt gewöhnlichen
Kartoffelpüree mit Bratwurst. Komische
Kombination, denkt Emily, aber es schmeckt
dann doch sehr gut.

>>Und, was habt ihr euch angeschaut?<<,
fragt Erusius in die Runde.

>>Also wir haben uns fast alle
Schaufenster der Geschäfte auf dem
Dorfplatz angeschaut. Uns ist aufgefallen,
dass es hier nicht wirklich etwas
Außergewöhnliches gibt … also alles ist
irgendwie … wie bei uns zuhause auch<<,
sagt Alicja.

>>Ja natürlich<<, sagt Akros. >>Warum sollte
es hier anders sein?<<

>>Ja, wegen den Einhörnern und so…<<, sagt
Alicja.

Erusius lacht. >>Was habt ihr denn
gedacht, was es hier gibt? Komische Wesen
zum Kaufen? Oder anderes Mobiliar? Nein,
nur weil es bei uns Einhörner und andere
Lebenswesen gibt, müssen die Fugis dennoch
auf einem Stuhl sitzen, etwas essen und
trinken wie ihr auch, oder nicht?<<

Erusius muss wieder lachen. Dann bemerkt
er, dass Emily so nachdenklich wirkt.
>>Und Emily, wie hat es dir denn
gefallen?<<

>>Ganz gut … aber ich habe mal eine
Frage…<<

>>Klar. Was denn, Emily?<<

>>Nun ja, wir konnten von einer Straße aus
sehen, dass das Dorf an die hohen Berge
grenzt … aber hinter den Bergen ist es
irgendwie so dunkel, obwohl hier alles so

hell und klar ist. Was ist denn hinter den
Bergen?<<

Joe, Jack, Alicja, Peter, Robert und Emily
schauen Erusius erwartungsvoll an. Dieser
ist zunächst perplex, dass Emily ihm diese
Frage gestellt hat. Dann schaut er kurz
Akros an. Akros nickt ihm kurz zu, bevor
Erusius auf Emilys Frage antwortet.

>>Leider ist es so, dass dieses Dorf noch
das Einzige ist, das noch nicht belagert
wird. Hinter den Bergen waren sehr viele
Dörfer, die jetzt in der Dunkelheit
gefangen sind. Seitdem die Robus hier
sind, wurde alles zerstört und in jedem
Gebiet, das sie belagern, herrscht
vollkommene Dunkelheit. Alle Blumen sind
verwelkt, alles ist zerstört. Dort kann
keiner mehr von uns leben, geschweige denn
die Fugis. Wenn die Robus einen sehen, ist
es um ihn geschehen. Also bitte, solange
ihr nicht ausgebildet seid, bleibt immer
in unserer Nähe! Und haltet euch sonst nur
in der Burg auf, denn nur dort seid ihr

noch sicher. Wer weiß, wann die Robus es schaffen, auch dieses letzte Dorf noch zu belagern und das letzte Schöne zu zerstören.<<

Erusius senkt kurz seinen Kopf. Dann fängt er sich aber wieder und fügt hinzu: >>So, jetzt müssen wir uns aber beeilen, damit wir wieder pünktlich an der Burg sind.<<

Akros geht zur Bedienung und bezahlt. Erusius führt Joe, Jack, Robert, Peter, Alicja und Emily nach draußen zum Dorfeingang. Die Einhörner warten bereits auf der Wiese. Akros hat sich der Gruppe wieder angeschlossen. Jeder steigt auf sein Einhorn auf und sie fliegen wieder zurück zur Burg.

Die Sonne geht schon langsam unter. Während des Rückwegs wagt Emily noch einmal einen kurzen Blick zurück zu dem Dorf und den Bergen, bevor sie dann vor der Burg wieder zur Landung ansetzen.

Luzerno

Emily liegt in ihrem Bett und denkt noch einmal über den Tag und den Ausflug nach. Wie schön das Dorf aussah, verziert und geschmückt mit weißen, hellen Blumen und auch das Fliegen auf den Einhörnern hat sie fasziniert. Es könnte alles so schön hier sein, wenn nicht die Robus wären, von denen die Wissenden immer erzählen.

Wie gern wäre sie aber auf Luzerno nach Fuga geflogen. Er ist so wunderschön mit seinem schwarzen Fell und den weißen Flecken auf seiner Stirn und seinen Flügeln. Wie gerne hätte sie ihn bei ihrer ersten Begegnung nur ein einziges Mal berührt. Aber warum wollte er nicht zu ihr?

Vielleicht hätte sie ihm mehr Zeit geben oder langsamer auf ihn zugehen sollen…

Sie möchte aber unbedingt noch einmal versuchen, sein Vertrauen zu erlangen. Nur, was wäre, wenn sie ihn nie wieder sehen würde? Vielleicht ist er aber auch nur abends oder früh morgens da…

Emily stellt sich ihren Wecker für fünf Uhr morgens, um sich noch vor dem Frühstück auf den Weg zur Lichtung im Wald machen zu können, in der Hoffnung, sie würde nochmal Luzerno sehen. Anschließend kuschelt sie sich in ihre Decke und schläft ein.

Am nächsten Morgen klingelt Emilys Wecker. Noch ein wenig verschlafen, aber gewillt, zieht sie sich an und macht sich leise auf den Weg zu der Lichtung. Alicja schläft noch tief und fest in ihrem Bett.

Die Sonne geht bereits auf und scheint durch die Fenster des Burg Flurs, der direkt zum Burggarten führt.

Plötzlich hört Emily leise Schritte, die immer näher zu kommen scheinen. Sie dreht sich schnell um, kann aber noch niemanden sehen. Sie weiß, wenn jemand sie dabei erwischt, dass sie allein zu der Lichtung im Wald geht, würde sie bestimmt großen Ärger bekommen. Gerade Erusius ruft ihr immer wieder ins Gewissen, dass die Robus auch jederzeit bis zur Burg gelangen können. Daher sollen sie die Burg nie allein verlassen.

Aber Emilys Ehrgeiz und Neugier überwiegt, sodass sie sich nicht mehr von ihrem Plan abbringen lässt.

Die Schritte werden immer lauter und nähern sich Emily. Da alle Türen im Flur noch verschlossen sind, die zu den Unterrichtsräumen führen, beschließt sie, schnell zu der Tür zu rennen, die nach draußen zu dem Burggarten führt. Sie rennt los, öffnet die einzige, nicht verschlossene Tür, läuft nach draußen und schließt die Tür wieder leise hinter sich.

>>Puh, wer war das denn?<<

Emily atmet erst einmal tief ein- und aus, um den Schreck zu verarbeiten. >>Bevor mich hier doch noch jemand sieht, mach ich mich lieber schnell auf den Weg zur Lichtung<<, denkt sie sich und läuft schnellen Schrittes zu dem Waldstück und direkt Richtung Lichtung.

Im Schutz des Waldrandes vor der Lichtung bleibt sie stehen und sieht sich um. Es sind wieder viele Einhörner zu sehen. Noch mehr als zu dem Zeitpunkt, als sie mit Erusius hier war. Einige trinken aus dem Wasser des kleinen Baches. Andere liegen auf der Wiese und sonnen sich in den ersten Sonnenstrahlen des Tages.

Emily schaut sich um und sucht nach Luzerno. Bei so vielen Einhörnern ist es schwer, Luzerno zu finden, auch wenn er sich von den anderen auch farblich unterscheidet.

Nach einiger Zeit sieht sie Luzerno an einem großen Baum mit weißen Blättern, , welcher mit weißen Blättern verziert ist, auf der Wiese liegt und ebenfalls die ersten Sonnenstrahlen einfängt.

Sie geht ganz langsam auf ihn zu. Mit jedem Schritt, der sie näher zu ihm führt, bemerkt sie eine immer tiefere Verbindung zwischen ihr und Luzerno. OB Luzerno diese wohl auch spüren mag?

Einen Meter vor ihm, bleibt sie stehen und schaut ihn an. Wie schön er doch ist. Er hat so wunderschönes Fell, sehr große und weite Flügel und einen kräftigen Körperbau.

Auch Luzerno hat Emily längst bemerkt, richtet seinen Blick ebenfalls zu ihr und stellt sich hin.

Er hat eine stattliche Größe, die ihn auch von den anderen Einhörnern unterscheidet. Emily befürchtet, dass er wieder weglaufen würde, wenn sie sich ihm noch mehr nähern würde. Aus diesem Grund kniet sie sich hin und hält Blickkontakt zu ihm in der Hoffnung, dass er von sich aus zu ihr kommt.

Luzerno macht zunächst keine Anstalten

wegzulaufen und tatsächlich, nach einer gefühlten Stunde, macht er von sich aus einen Schritt auf Emily zu und senkt seinen Kopf zu ihr herunter, sodass Emily ihn mit ihrer Hand am Kopf berühren und streicheln kann.

>>Du bist so wunderschön<<, flüstert Emily Luzerno ins Ohr und streichelt ihn ganz sanft. Langsam steht sie auf und streichelt ihn auch am Hals. Das Fell ist sehr weich und gepflegt. Zudem glänzt es in der Sonne.

>>Darf ich auf dir reiten?<<, fragt Emily Luzerno.

Luzerno macht daraufhin einen Schritt zurück. Im ersten Moment sieht es so aus, als ob er lieber wieder Reißaus nehmen möchte. Er dreht sich jedoch einmal im Kreis und kniet mit den Vorderläufen auf die Wiese, sodass Emily auf seinen Rücken steigen und aufsitzen kann.

Emily ist zuerst ein wenig aufgeregt und

auch vorsichtig, weil sie ja nicht weiß, wie er reagiert, wenn sie auf ihm reitet. Er könnte sie auch während des Flugs abwerfen!

Da ihr Wunsch und ihre Neugierde aber größer als Ihre Angst sind, steigt sie auf und klammert sich fest an seinen Hals und seine Mähne.

Luzerno steht auf. Emilys Gedanken drehen sich jetzt ausschließlich um den bevorstehenden Flug. »Auf geht's.« Plötzlich läuft Luzerno los und hebt nach kurzer Zeit in die Lüfte ab. Er steigt steil nach oben und dreht zwei Runden über die Burg.

Emily genießt das Fliegen mit Luzerno. Er ist so kräftig und schnell. Sie fühlt sich sehr sicher und beschützt auf seinem Rücken. Luzerno versteht, was sie denkt, und sie lenkt ihn während des Flugs dorthin, wo auch immer ihre Gedanken sie hinbringen.

Nach einiger Zeit landet Luzerno oben auf einem Turm der Burg, damit sie sich den Sonnenaufgang anschauen können.

>>So, Luzerno<<, sagt Emily, >>ich denke, ich muss so langsam wieder in die Burg zurück, sonst bekomme ich bestimmt großen Ärger, wenn die mich hier erwischen. Bringst du mich noch runter, wieder zurück zur Lichtung oder zu der Wiese vor der Burg, damit ich dann direkt zum Frühstücksraum gehen kann?<< Luzerno nickt kurz. Emily hält sich wieder an seiner Mähne fest, bevor Luzerno einen Satz nach vorne macht, um Emily runter zur Wiese zu bringen. Er landet ganz sanft im Burggarten und kniet sich wieder mit den Vorderläufen hin, damit Emily gut von ihm absteigen kann.

Zur Verabschiedung streichelt sie ihn nochmals am Kopf und sagt: >>Vielen, vielen Dank, Luzerno. Es war so schön! Ich verspreche dir, ich komme dich schnell wieder besuchen!<<

Sie macht einen Schritt zurück und Luzerno fliegt wieder in Richtung des Waldes.

Emily schaut ihm noch kurz hinterher und ist unendlich glücklich darüber, dass Luzerno es zugelassen hat, dass sie ihn streicheln und mit ihm fliegen durfte.

Als sie Luzerno in der Ferne nicht mehr sehen kann, schaut sie auf ihre Uhr. ›Oh nein, es ist schon fünf vor Acht! Das Frühstück beginnt bereits um acht Uhr!‹

Schnell dreht sie sich um, um zur Burgtür zu laufen, als plötzlich Jack vor ihr steht, was ihr einen ziemlichen Schrecken einjagt.

›Was machst du denn hier?‹, fragt Emily, nachdem sie sich wieder einigermaßen von dem Schreck erholt hat.

›Das könnte ich dich auch fragen‹, lacht Jack. ›So früh bist du schon unterwegs? Aber ich habe ja gesehen, was dich zu so früher Stunde hierhertreibt. Das Einhorn, auf dem du geritten bist, sieht sehr außergewöhnlich aus. Also anders als die anderen. Hat dir das Erusius zugewiesen für dein Training?<<

>>Nein<<, entgegnet Emily, >>und das darf auch bitte keiner wissen, dass ich morgens so früh hier draußen alleine war und geflogen bin, bitte!<<

Jack schmunzelt. >>Was bekomme ich denn dafür?<<

>>Wie, was bekommst du dafür? Spinnst du? Du kannst das ja auch mal rein freundschaftlich für mich tun, oder?<< Emily ist sehr aufgebracht. >>Außerdem … du bist ja auch so früh schon wach. Sag mal, was machst du eigentlich hier draußen? Du darfst doch eigentlich auch nicht allein hier sein...<<, fragt Emily und schaut Jack erwartungsvoll an.

Jack zögert kurz.

>>Warte mal … du bist mir doch nicht etwa heute Morgen gefolgt, oder?<<

>>Wie kommst du denn darauf?<<, entgegnet

Jack.

>>Naja, heute Morgen auf dem Weg hierher habe ich Schritte im Flur gehört, die mir nach draußen zu folgen schienen. Ich hätte aber echt nicht damit gerechnet, dass du das bist! Jetzt sag schon die Wahrheit! Warum bist du mir gefolgt?<<, fragt Emily verärgert.

>>Nun ja … heute Morgen hörte ich, dass jemand die Treppen im Turm hinuntergeht. Und da wir alle versuchen herauszufinden, wie wir die Robus besiegen können, wollte ich nachschauen, wer das ist, da es ja auch jemand anderes hätte sein können. Verdächtig war auch, dass derjenige dann schnell nach draußen gerannt ist. Als ich aber hier draußen ankam, sah ich niemanden, bis … ich in der Luft das Einhorn und dich fliegen gesehen habe … dann wusste ich, dass du es warst und nicht jemand anderes<<, antwortet Jack.

>>Und dann hast du die ganze Zeit hier gewartet?<<

>>Ja, weil … ich dachte, irgendwann wirst du ja wieder herunterkommen und da noch niemand wach ist und es allein … ich meine, keiner von uns allein gegen die Robus ankommt, dachte ich, ich warte auf dich, damit wir dann … ähm … zu zweit sind, falls jemand kommt.<<

Emily schaut Jack verwundert an. Hat er sich etwa Sorgen um sie gemacht? Kann es sein, dass er sie vielleicht doch mag?

>>Ähm … wir sollten uns jetzt aber sehr schnell auf den Weg machen, denn sonst bekommen wir wirklich Ärger!<<, sagt Jack und schaut auf seine Uhr.

>>Ja, du hast recht<<

Schnell machen sich beide auf den Weg zur Tür, öffnen diese leise und hören, ob jemand in der Nähe ist. Die anderen scheinen aber bereits beim Frühstück zu sein, sodass beide schnell den Gang entlang zum Frühstücksraum entlang rennen.

Im Frühstücksraum sitzen bereits alle auf

ihren Plätzen und warten geduldig darauf, dass sie mit dem Frühstück anfangen dürfen.

>>Ah, da seid ihr ja auch endlich<<, ruft Arus mit ernster Stimme Emily und Jack zu als diese den Frühstückssaal betreten. Auch Erusius schaut Emily ernst und verwundert an.

Emily hat das Gefühl, als wüsste Erusius, wo sie gewesen ist. Aber vielleicht ist das auch wirklich nur so ein Gefühl oder ihr schlechtes Gewissen, etwas Verbotenes getan zu haben.

Schnell setzen sich Emily und Jack auf ihre Plätze.

>>Wo wart ihr?<<, flüstert Alicja Emily zu.

>>Nirgends. Ich war nur schon sehr früh wach und bin ein bisschen durch die Burg gelaufen, um mich ein wenig zu bewegen, und dann haben wir uns auf dem Weg zum Frühstücksraum zufällig getroffen<<, antwortet Emily und schaut Jack dabei an.

Jack nickt daraufhin zustimmend.

>>Da wir nun alle vollständig beim Frühstück versammelt sind, können wir jetzt endlich anfangen, bevor ihr euch danach wieder in euren Unterricht begebt. Ich wünsche Euch allen einen guten Appetit!<<, sagt Arus, setzt sich auf seinen Stuhl und beginnt mit dem Frühstück.

Verteidigung

Nach dem Frühstück schaut Peter auf seinen Stundenzettel. Dieser ist mit Tee- und Soßenflecken übersäht, wodurch die Schrift nur sehr schwer zu erkennen ist. Peter besitzt ein Talent dafür, den Zettel immer genau dann rauszuholen, wenn er beim Essen ist. Somit wäre es nicht verwunderlich, wenn dieser nicht bis zum Ende des Halbjahres halten würde.

>>Als nächstes haben wir, ähm, einen Moment, Ver…tei…ungsunterricht<<, sagt er und versucht, sich die noch erkennbaren Wörter zusammenzureimen.

>>Was haben wir? Verteiungsunterricht? Was soll das denn sein?<< Robert lacht, legt seinen Arm um Peter und fügt hinzu: >>Sag mal Peter, was erkennst du eigentlich noch auf deinem Zettel?<<

Die anderen müssen ebenfalls schmunzeln. Selbst Peter lacht und sagt: >>Ja, er ist nicht mehr der Beste. Ich kann ja nichts dafür, dass immer mir so ein Missgeschick passiert. Das ist einfach angeboren.<<

Jetzt lachen alle laut mit. Alicja nimmt ihren Stundenzettel aus ihrer Tasche heraus. >>Also wir haben Verteidigungsunterricht. Das wird bestimmt spannend werden, und wir lernen endlich mal was richtig Sinnvolles, bevor wir auf diese Robus losgelassen werden.<<

>>Da hast du Recht<<, stimmt Robert ihr zu und macht sich mit den anderen auf den Weg zum Unterrichtsraum.

Im Unterrichtsraum setzen sie sich erst einmal auf ihre Plätze. Der Unterricht findet bei Nesu statt, der sich bereits in der Mitte des Raumes befindet und alle begrüßt.

>>Schön, dass ihr alle hier seid. Heute werde ich versuchen, euch die Grundlagen zu vermitteln, wie ihr euch gegen die Robus verteidigen könnt, sollten sie euch angreifen. Aber bitte vergesst nicht:

Solange ihr eure Fähigkeiten noch nicht so gut beherrscht und eure Ausbildung beendet habt, versucht euch immer schnell in Sicherheit zu begeben, solltet ihr einem Robu begegnen und kämpft noch nicht gegen sie an. Diese sind sehr stark und mächtig. Ihr werdet noch keine Chance haben, gegen sie zu gewinnen. Aus diesem Grund werden wir auch erst im nächsten Halbjahr das Kämpfen lernen, wie ihr euch im Kampf bewähren könnt und was ihr mithilfe eurer Fähigkeiten gegen die Robus tun könnt.<<

Peter meldet sich zaghaft.

>>Ja, Peter?<<

>>Und was ist, wenn ich auch bis zum nächsten Halbjahr meine Fähigkeit noch nicht herausgefunden habe, oder es nie tun werde und es immer in mir verborgen bleibt? Oder diese zu spät erkenne? Oder niemals?<<

>>Mach dir keine Gedanken, Peter. Du wirst in deinem Einzelunterricht bestimmt noch

herausfinden, worin deine Fähigkeit besteht. Naxis ist da sehr erfahren und wird mit dir hart daran arbeiten, dass du es sehr bald herausfinden wirst. Und solltest du es bis zum Kampf nicht herausgefunden haben, dann finden wir eine Lösung für dich, dass du in Sicherheit bist. Aber jetzt solltest dennoch auch du, Peter, lernen, wie man sich vor den Robus schützt, solltet ihr vor dem Kampf zufällig auf einen treffen. Aus diesem Grund müsst ihr alle jetzt sehr gut zuhören, auch du Robert«, ermahnt Nesu Robert, der die ganze Zeit versucht, Alicja etwas in ihr Ohr zu flüstern.

»Nun gut«, fuhr der Wissende fort, »also die Robus sind sehr, sehr große, dunkelgrün-schwarze Wesen mit schwarzen Augen. Sie haben Flügel mit einer Spannweite von fünf Metern. Aufgrund dessen sind sie sehr schnell und können sogar schneller als Einhörner sein. Zudem besitzen sie scharfe Zähne, mit denen sie mühelos selbst Felsen zerbeißen können.

Dadurch ist es für sie kein Problem, an Felsen vorbeizukommen, geschweige denn ganze Dörfer mit Leichtigkeit zu zerstören. Sie haben bereits viele Dörfer zerstört und auch Einhörner getötet. Nur zwei Dörfer vor den Bergen sind bisher von den Robus verschont geblieben, da hinter diesen Dörfern eine Bergkette liegt. Die Dörfer sind Fuga und Filus. Fuga kennt ihr ja bereits.<<

Joe meldet sich und Nesu nickt ihm zu.

>>Wenn die Robus doch Felsen zerbeißen können, warum sind sie dann noch nicht bis zu diesen Dörfern vorgedrungen? Das dürfte dann doch für die ein Leichtes sein.<<, fragt Joe.

>>Weil das Zerbeißen von Felsen für die Robus sehr anstrengend ist. Sie brauchen nach einer größeren Aktion immer erst einige Stunden Pause, um wieder Kraft zu sammeln. Es wird aber nicht mehr lange dauern, bis sie es auch bis zu diesen Dörfern geschafft haben. Die Berge werden

immer dünner. Sie arbeiten wohl jeden Tag daran, die Berge zu zerstören, um auch die letzten Dörfer unseres Landes zu erreichen und zu vernichten.<<

Emily sieht, wie Peter immer und immer weiter in seinem Stuhl versinkt. Anscheinend bereitet ihm die ganze Situation wirklich große Angst, was ja auch verständlich ist. Emily brennt jetzt aber auch eine Frage auf der Seele.

>>Ja, Emily?<< Nesu nickt ihr zu.

>>Also, wenn die Robus immer einige Stunden Pause brauchen, warum greift man sie dann nicht genau in dieser Zeit an? Dann haben sie doch nicht so viel Kraft.<<

>>Ja, da hast du vollkommen recht – allerdings wechseln sie sich ständig ab. So arbeiten immer ein bis zwei Robus an den Bergen und die anderen ruhen sich währenddessen aus. Wir dachten zunächst, sie seien nicht so schlau, aber anscheinend haben wir uns geirrt. Eines

sage ich euch schon mal im Voraus: Wir haben vielleicht noch nicht herausgefunden, wie man sie bekämpft, aber genau deswegen bilden wir euch aus. Weil ihr die Fähigkeiten besitzt, mit denen man gegen sie angehen kann. Auch wenn wir diese noch nicht in der Praxis erproben konnten.<<

Jetzt fügt auch Jack etwas hinzu, obwohl er sich sonst fast immer sehr zurückhält.

>>Also, das heißt, wir haben Fähigkeiten, werden darin ausgebildet, aber keiner weiß wirklich, ob sie gegen die Robus überhaupt wirken? Das heißt, wir werden auf die losgelassen, und wenn alles schiefläuft und ihr euch irrt, dann war's das mit uns, mit Nornhie und vielleicht sogar mit unserer Welt, unseren Familien und Freunden?<<

>>Das hört sich doch super an. Ich bin voll dabei. Du auch, Peter, oder?<<, lacht Robert und klopft Peter auf die Schulter.

Peter versinkt mehr und mehr in seinem Stuhl und stammelt nur: >>Ich glaube, das ist nichts für mich.<< Alle anderen lachen.

>>Bitte, jetzt wollen wir mal ernst bleiben<<, mahnt Nesu. >>Jack, du hast vollkommen recht. Natürlich wissen wir nicht, wie ihr eure Fähigkeiten genau einsetzen könnt gegen die Robus. Dies werden wir im nächsten halben Jahr alle zusammen herausfinden. Das heißt, gemeinsam mit euch werden wir Kampftechniken entwickeln, die euch helfen werden. Ich weiß, wir verlangen viel von euch, aber ihr seid unsere letzte Chance. Und die Kobas haben uns prophezeit, dass ihr die Wende bringen werdet. Nur leider können sie uns nicht sagen, wie, da die Zukunft durch eure Entscheidungen ungewiss ist und sich somit ständig ändern kann. Das heißt, wenn sich Peter jetzt beispielsweise dazu entscheidet, im nächsten halben Jahr nicht mehr zu uns zu kommen, und er die entscheidende Fähigkeit

besitzt, dann sind wir alle verloren. Jeder von euch ist wichtig, aber nur gemeinsam können wir es schaffen.<<

Nesu schaut auf die Uhr.

>>Jetzt sollten wir aber uns so langsam mal auf die Verteidigung konzentrieren, da sonst die Stunde gleich rum ist und wir immer noch nichts Konkretes gelernt haben. Also: Die Schwachstellen der Robus sind zum Einen, dass sie nicht gut sehen können. Dafür hören sie sehr gut und orientieren sich an ihrem Gehör. Zudem sind sie im Fliegen zwar sehr schnell, aber zu Fuß aufgrund ihrer Masse sehr, sehr langsam. Also, wenn ihr einen Robu begegnet, solltet ihr euch entweder ein Versteck suchen, sehr leise sein und euch am besten nicht bewegen, oder aber versuchen, sie zum Landen zu bringen, damit sie zu Fuß laufen müssen. Denn dann seid ihr schneller als sie und könnt euch in Sicherheit bringen.<<

>>Und was mache ich, wenn kein Versteck in

der Nähe ist und er mich direkt angreift?<<, fragt Robert.

>>Dann hoffe ich für dich, dass du viel Glück hast und dein Einhorn in der Nähe ist, welches du rufen kannst, da die Einhörner schneller sind, als du zu Fuß. Aber wie gesagt, im Fliegen sind die Robus schneller. Im Flug habt ihr somit nur dann eine Chance, wenn der Robu am Boden steht und läuft<<, antwortet Nesu.

>>Also, das heißt, die Verteidigung ist verstecken oder weglaufen, und wenn das nicht geht, dann ist es vorbei, oder?<<, fragt Robert weiter.

>>Ja, im Moment leider schon. Falls ihr gar nicht wegkommt, gibt es da allerdings noch eine Möglichkeit, die sich ebenfalls bewährt hat. Ihr könntet versuchen, etwas zu finden, das ihr in die Augen der Robus werfen könnt. Da sie nicht gut sehen, werden sie den Gegenstand auch nicht so schnell abwehren können. Durch die Verletzung im Auge sind sie für kurze Zeit

beschäftigt und ihr könnt versuchen, zu fliehen. Eine andere Möglichkeit wird durch die Tatsache eröffnet, dass sie in ihrem Rücken eine Sehne haben, die an einer bestimmten Stelle sehr empfindlich ist. Diese liegt ungefähr im mittleren Bereich des Rückens, ist aber auch nur circa 30 Zentimeter groß und sehr schwer zu treffen. Einerseits durch die Größe der Robus, die es einem wirklich sehr schwer macht, an diese Stelle zu gelangen, und zum anderen scheinen die Robus ihre empfindlichen Partien zu kennen und schützen diese mit ihren Flügeln und anderen Dingen. Wir haben jedoch leider noch keine Möglichkeit gefunden, wie man einen Robu besiegen kann, sodass er keinen Schaden mehr anrichtet. Daher kann ich Euch ausschließlich diese Tipps weitergeben, die Euch dazu verhelfen werden, die Flucht zu ergreifen, falls es Euch gelingt. Bitte merkt euch diese Dinge. Wir werden alles tun, euch bis zum Kampf von den Robus fern zu halten<<, sagt

Nesu, schaut auf die Uhr und fügt hinzu:
>>Oh, wir sind schon über der Zeit. Bitte
beeilt Euch, sodass ihr zu eurem weiteren
Unterricht pünktlich erscheint. Jede
Unterrichtsstunde ist wichtig für euch,
und ihr solltet diese unbedingt nutzen.<<

Die Jugendlichen, bis auf Peter, stehen
von ihren Plätzen auf. Peter ist immer
noch in seinem Stuhl versunken und möchte
wohl gar nicht mehr aufstehen.

Robert stupst ihn von der Seite an.>>Komm
schon Peter, sonst kommen wir noch zu
spät. Lass dich von so ein paar Robus doch
nicht fertig machen.<<

Beim Verlassen des Raumes sagt Emily zu
Alicja: >>Das war ja sehr aufschlussreich.
Ich hätte mir ein paar mehr Tipps
gewünscht, als nur Flucht ergreifen und
entweder etwas in die Augen werfen oder
auf den Rücken.<<

>>Ja, da hast du recht. Das gibt einem
echt keine Sicherheit und macht einem

irgendwie schon ein wenig Angst. Stell dir mal vor, ein Robu kommt plötzlich hierher und wir sind noch nicht komplett ausgebildet und die Wissenden können uns auch nicht helfen. Was machen wir denn dann? Dann sind wir denen vollkommen ausgeliefert<<, meint Alicja mit aufgeregter Stimme.

Robert hat das Gespräch mitgehört und legt seinen Arm um Alicja: >>Ich werde dich immer beschützen.<<

Alicja errötet und lächelt ihn an. Sie ist wirklich sehr von ihm angetan.

Auch Jack hat etwas von dem Gespräch mitgehört und fügt hinzu: >>Wir sollten dabei nicht die Worte von Arus vergessen, als er meinte, dass wir hier in den Burggemäuern sicher sind. Ich denke, weil sich die meisten Gänge und auch Räume unter der Erde befinden und nicht an der Oberfläche. Somit haben die Robus dort keine Chance, hinzugelangen.<<

>>Ja stimmt, da hast du Recht. Das habe ich vollkommen vergessen<<, sagt Emily und lächelt Jack an.

Jack lächelt kurz zurück und schaut auf den Stundenplan. >>Jetzt haben wir wieder Einzelstunden. Dann mache ich mich mal auf den Weg. Bis später<<, sagt er und geht schnellen Schrittes zu seinem Unterrichtsraum.

>>Bis später<<, rufen Emily und die anderen ihm nach, bevor sich jeder auf den Weg zu seiner Einzelstunde macht.

Einhornreitstunde mit Luzerno

Auf dem Weg zu ihrer Einzelstunde mit Erusius, denkt Emily darüber nach, wie sie es Erusius nur beibringen kann, dass sie bereits ein Einhorn für sich gefunden hat. Wenn sie ihm erzählt, dass sie morgens heimlich zu Luzerno gegangen und auf ihm geritten ist, würde sie bestimmt einen immensen Ärger bekommen. Aber wenn sie jetzt in ihrer Einzelstunde wieder auf einem anderen Einhorn reitet, dann kann sie sich ja nie mit Luzerno beschäftigen. Dies wäre dann immer nur heimlich möglich und sie müsste aufpassen, dass sie nicht erwischt wird.

Als Sie auf der Wiese ankommt, wartet Erusius bereits auf sie. In seiner rechten Hand hält er die Zügel eines weißen Einhorns.

>>Hallo Emily. Ich habe schon gehört, eure Verteidigungsstunde ging ein wenig länger. Das ist aber nicht schlimm. Wir haben dennoch genug Zeit. Hier habe ich dir schonmal unser Schuleinhorn bereitgestellt. Damit können wir, wie bei den letzten Stunden auch, weiter an

deinen Fähigkeiten arbeiten.<<

Es ist jedes Mal zu merken, wie stolz Erusius auf seine Einhörner ist. Emily hingegen ist heute sehr traurig und denkt: >>Luzerno, ich wünschte, du wärest hier und ich könnte auf dir reiten.<<

Plötzlich fliegt Luzerno aus Richtung des Waldes zu ihnen auf die Wiese und landet direkt vor Emily.

>>Was machst du denn hier, Luzerno? Du bist doch sonst immer eher derjenige, der nie hierhin kommt und in Ruhe gelassen werden möchte. Emily, bitte pass auf, Luzerno ist wirklich sehr wild, wie du ja schon bei eurer ersten Begegnung mitbekommen hast<<, sagt Erusius.

Emily überhört Erusius Warnung. Ihre Freude darüber, dass Luzerno gekommen ist, ist einfach zu groß. Sie läuft zu ihm hin und streichelt ihn ohne Angst zu verspüren. Luzerno kniet mit den Vorderläufen nieder, sodass sie aufsteigen kann, was Emily dann auch tut. Erusius ist sehr erstaunt über das Verhalten, sowohl von Emily als auch von Luzerno.

>>Wie … wie kann das sein? Aber bei eurer ersten Begegnung hat er sich noch nicht mal von dir streicheln lassen.<<

Emily bemerkt erst jetzt, dass Erusius sie sehr stutzig anschaut. Daher denkt sie sich schnell eine einigermaßen plausible Antwort aus.

>>Ich, ich… vielleicht hat er es sich ja anders überlegt. Ich habe gerade an ihn gedacht und mir gewünscht, dass er doch hier sei und ich auf ihm reiten könnte und dann kam er einfach zu mir.<<

Erusius schaut sie unglaubwürdig an, sagt dann aber zu ihr, >>Mhm, na gut, dann versuch mal, auf ihm zu reiten, wenn du denkst, dass er der Richtige für dich ist. Aber sei gewarnt, Luzerno hat seinen eigenen Kopf. Ich glaube nicht, dass er sich so leicht beeinflussen lässt wie die anderen Einhörner. Das solltest du immer im Hinterkopf haben.‹‹

››Mach ich, dann wollen wir mal, Luzerno. Los geht's‹‹, ruft Emily überzeugend.

Luzerno läuft direkt los und hebt dann auf der Wiese mit kräftigen Flügelschlägen ab. Erusius schaut ihnen hinterher und lächelt.

Während des Fluges bemerkt Emily, dass Luzerno wirklich nicht immer auf Ihre Anweisungen hört, so wie sie es sich vorgestellt hat. Dabei war sie doch so euphorisch gewesen. Aber gerade als sie mit Luzerno neben Erusius landen will, verweigert dies Luzerno und fliegt einfach noch weiter, jetzt jedoch in Richtung Wald. Emily hat plötzlich keine Möglichkeit mehr, ihn zu lenken oder zu beeinflussen.

››Luzerno, was tust du da? Ich muss doch wieder zu Erusius und nicht in den Wald‹‹, ruft sie.

Währenddessen fliegt Luzerno immer schneller und steuert auf den Wald zu. Er fliegt plötzlich auch nicht mehr so vorsichtig wie zuvor, sondern steil nach unten und anschließend zwischen den Bäumen des Waldes hindurch.

Emily versucht, sich mit aller Kraft an seiner Mähne festzuhalten und hofft, dass er bald landen wird und sie den Flug heil übersteht. Luzerno macht jedoch keine Anstalten, landen zu wollen und fliegt wieder steil nach oben Richtung Braumkronen. So langsam verliert Emily die Kraft, da sie die Flugbewegungen von Luzerno nicht vorhersehen und lenken kann. Die einzige Möglichkeit, die sie noch hat, ist, sich an seiner Mähne so stark festzukrallen, wie es nur geht.

Als Luzerno jedoch eine Kurve in der Luft über der Burgwiese fliegt, von wo aus sie losgeflogen sind, verlässt Emily die Kraft und sie fällt ins Ungewisse nach unten. Während des Fallens ruft sie um Hilfe und schließt ihre Augen, um ihren eigenen Aufprall nicht mit ansehen zu müssen, der ihr kurz bevorsteht. Plötzlich merkt sie aber, dass jemand sie in der Luft auffängt – es ist Erusius mit seinem Einhorn.

Der Schock sitzt Emily noch tief. Beinahe wäre Sie auf den Boden gefallen und hätte sich wer weiß was angetan.

Erusius landet mit Emily und seinem Einhorn auf der Wiese und hilft ihr beim Absteigen. Emily hat noch ganz weiche Knie und muss sich erst einmal auf der Wiese hinsetzen, denn an laufen ist noch nicht zu denken.

Erusius hilft ihr und sagt aufgeregt: »Emily ist alles in Ordnung? Hast du dich verletzt?«

Emily stammelt mit zittriger Stimme nur ein: »Nein« heraus. Sie kann nicht verstehen, warum Luzerno nicht auf sie gehört hat.

Erusius holt eine Trinkflasche aus seinem Mantel und reicht diese Emily. »Trink einen Schluck Emily, das wird dir gut tun.«

Emily nimmt diese entgegen und trinkt etwas von dem Trank. »Das ist selbstgemachter Tee, der dir helfen wird, dich von dem Schock ein wenig zu erholen«, fügt Erusius hinzu.

Emily bemerkt, dass der Tee eine innere Wärme und Beruhigung erzeugt, was ihr schnell hilft, wieder einigermaßen klare Gedanken zu fassen. Wenigstens ist ihr auch nicht mehr so schwindelig.

Nachdem sie sich von dem ersten Schock etwas erholt hat, fragt sie Erusius: >>Warum hat er das getan? Warum konnte ich ihn nicht beeinflussen? Habe ich die Fähigkeiten vielleicht doch nicht?<<

Erusius setzt sich zu ihr.

>>Nein Emily, Luzerno ist ein Fall für sich. Er hat einen ausgeprägten Egoismus und setzt immer seinen Kopf durch. Er hört eigentlich auf niemanden. Aus diesem Grund war ich so überrascht, dass du dir genau dieses Einhorn ausgesucht hast. Noch niemand konnte ihn je bändigen, geschweige denn ausbilden. Also haben wir ihn immer in Ruhe gelassen und seinen Weg gehen lassen. Er ist sehr dickköpfig. Das hat aber nichts mit deinen Fähigkeiten zu tun.<<

Emily ist dennoch verzweifelt. >>Ich dachte, Luzerno und ich hätten eine Verbindung und ich dürfte auf ihm reiten.<<

>>Durftest du doch auch<<, fügt Erusius hinzu.
>>Aber auch wenn er dir gestattet, auf ihm zu
reiten, heißt es nicht, dass er während des
Reitens auf dich hört. Er ist halt anders als
die anderen seiner Gattung.<<

Emily kann es dennoch nicht verstehen. >>Aber
was ist, wenn ich mit meinen Gedanken nur die
geschulten Einhörner beeinflussen kann und die
Robus nicht. Die werden doch erst recht nicht
auf mich hören, wenn ich versuche, sie mit
meinen Gedanken zu beeinflussen.<<

Erusius legt seinen Arm um Emily. >>Emily,
vielleicht wirst du deine Fähigkeit anders im
Kampf gebrauchen als die Robus mit deinen
Gedanken zu beeinflussen. Du wirst es noch
herausfinden und ich werde dich mit all meiner
Kraft und meinem Wissen dabei unterstützen.
Wir sind gerade erst am Anfang und werden es
im nächsten Semester fortführen, wenn wir mehr
auf den Bereich Kampf gegen die Robus
eingehen.<<

Erusius schaut auf die Uhr. »Es ist schon sehr spät. Zeit für das Mittagessen. Geh ruhig schon vor, ich kümmere mich noch kurz um mein Einhorn. Es hat sich für heute redlich eine Belohnung verdient.«

Erusius lächelt und schaut zu seinem Einhorn. Emily gibt ihm die Trinkflasche zurück und macht sich auf den Weg zum Speisesaal. Ihre Beine fühlen sich noch etwas schlapp an, aber schon viel besser. Der Tee scheint seine Wirkung so langsam zu zeigen.

Auf dem Weg zum Speisesaal zweifelt sie immer mehr an ihrer Fähigkeit und kann immer noch nicht verstehen, warum Luzerno sie nicht so hat reiten lassen, wie sie es wollte. Es hat doch letztens auch geklappt, wo sie heimlich ganz allein auf ihm geritten ist.

Als sie gedankenversunken am Tisch auf ihre Freunde trifft, die bereits etwas essen und sich lachend unterhalten, setzt sich Emily nur auf ihren Platz. Großen Hunger hat sie keinen mehr. Sie muss die ganze Zeit an das Geschehene denken. Jack bemerkt sofort, dass irgendwas mit ihr nicht stimmt, aber noch hält er sich zurück.

Alicja stupst Emily an und sagt freudestrahlend: >>Emily, hast du schon gehört? Wir haben den restlichen Tag keinen Unterricht mehr und dürfen, nachdem wir unsere Aufgaben auf unseren Zimmern erledigt haben, alles tun, was wir wollen.<< Alicja freut sich riesig über diese Nachricht.

Joe fügt hinzu: >>Na ja, was heißt hier alles, was wir wollen? Ich würde gerne mal ein Computerspiel zocken oder so, aber hier kann man doch gar nichts machen, außer auf seinem Zimmer rumlungern oder durch die Burg laufen. Supertoll!<<

Alicja kann seine fehlende Begeisterung nicht nachvollziehen. >>Immer noch besser als Unterricht!<<

Emily antwortet gar nicht auf die Konversation.

Nachdem alle aufgegessen haben, geht Jack zu Emily und fragt: >>Emily ist alles in

Ordnung?«

Emily antwortet: »Ja, alles gut.«

»Du siehst aber gar nicht danach aus und hast auch nicht wirklich was gegessen. Ist etwas passiert?« fragt Jack weiter.

Emily könnte jetzt in Tränen ausbrechen, weil sie an sich zweifelt, weil einfach nichts so ist, wie sie sich das vorgestellt hat. Aber vor den anderen möchte sie dies lieber nicht zeigen. Wäre sie jetzt mit Jack allein, dann würde sie bestimmt die ein oder andere Träne verdrücken.

So versucht sie, sich zusammenzureißen und antwortet mit weinerlicher Stimme: »Es war gerade keine gute Stunde. Ich glaube, ich habe keine Fähigkeiten, die ausreichen werden.«

Jack würde am liebsten seinen Arm um sie legen, zieht ihn aus Unsicherheit dann aber doch wieder zurück. »Emily, mach dir keine Gedanken! Bei mir ist auch nicht jede Stunde perfekt. Aber man darf dadurch seinen Willen nicht verlieren und aufgeben oder daran zweifeln! Wir sind hier, um etwas zu retten, um die Menschen oder was auch immer die hier sind, zu retten und nur darum geht es. Wir müssen es doch wenigstens versuchen, sonst haben die gar keine Chance mehr. Und stell dir mal vor, die Robus gehen noch weiter und auch unsere Familien und Freunde werden angegriffen, nur weil wir an uns zweifeln und aufgeben. Vielleicht reichen unsere Fähigkeiten nicht aus und vielleicht werden wir es auch nicht schaffen, auch wenn die Wissenden uns wer weiß was erzählen und davon überzeugt sind. Aber dann haben wir es wenigstens versucht und haben kein schlechtes Gewissen.<<

Irgendwie klingen Jacks Worte plausibel und irgendwie hat er recht, findet Emily und sie fühlt sich schon ein wenig besser. Als sie an dem Jungenzimmer vorbeikommen und Jack gerade den anderen Jungs in deren Zimmer folgt, ruft Emily ihm noch hinterher: >>Jack?<<

Jack dreht sich nochmal um. >>Ja?<<

>>Vielen lieben Dank!<<

Jack lächelt kurz und geht dann ebenfalls in das Jungenzimmer. Emily hingegen folgt Alicja auf ihr gemeinsames Zimmer in der oberen Etage, damit sie ihre Aufgaben erledigen können, die ihnen die Wissenden heute erteilt haben.

Kräuterstunde

Die Wochen vergingen mit vielen Einzelunterichtsstunden, die Emily jedoch auf dem Schuleinhorn verbrachte. Luzerno hat sie seit ihrem außergewöhnlichen Ausritt nicht mehr gesehen, was sie sehr mit Trauer erfüllt. Denn eigentlich ist sie davon überzeugt, dass zwischen Luzerno und ihr eine Verbindung besteht.

Als Sie morgens wach wird, muss sie erneut an das Flugerlebnis mit Luzerno denken. Sie kann immer noch nicht verstehen, warum Luzerno sie abgeworfen beziehungsweise nicht auf sie gehört hat.

Alicja ist bereits angezogen und kommt gerade aus dem Bad. Sie sieht, dass Emily wach ist.

>>Guten Morgen Emily. Na, wie geht es dir?<< fragt sie mit fröhlicher Stimme.

>>Ganz okay<<, antwortet Emily mit noch etwas müder Stimme. Sie steht langsam aus dem Bett

auf und fragt: »Warum bist du denn heute so überschwänglich gut gelaunt? Ist etwas passiert?«

»Nein, nichts Besonderes, nur in zwei Tagen dürfen wir wieder nach Hause, denn dann ist das erste Semester vorbei«, freut sich Alicja und tanzt im Zimmer fröhlich herum.

Emily war die ganze Zeit so mit den Gedanken in ihre Flugstunde vertieft, dass sie ganz vergessen hat, dass in einer Woche bereits das erste Semester vorbei ist und sie endlich ihre Eltern und Brüder und auch Freunde wiedersehen darf. Die Zeit ist durch die vielen Einzelstunden, Flugstunden und dem Unterricht so schnell vergangen, dass sie gar nicht gemerkt hat, wie schnell doch die Wochen vergangen sind. Jetzt steigert sich auch wieder ihre Laune und stimmt sie fröhlich.

Daher steht Emily jetzt ebenfalls aus ihrem Bett auf, wäscht sich ihr Gesicht und zieht sich an. Beide gehen gut gelaunt zum Frühstück und treffen dort auf die Jungs, die bereits am Frühstückstisch sitzen. Auch die Wissenden sitzen an ihrem separaten Tisch und im Gegensatz zu den anderen Unterrichtstagen, essen heute bereits einige von ihnen.

Die Köchin bringt Alicja und Emily heißen Kakao, der hier wirklich unheimlich gut schmeckt, findet Emily. Robert bemerkt Alicjas überschwänglich gute Laune und fragt: »Warum bist du denn heute so fröhlich und lachst die ganze Zeit?«

»Weil wir in zwei Tagen nach Hause dürfen«, antwortet sie fröhlich und lächelt Robert an.

Dieser schaut sie an und fragt mit ernster Miene: »Und deswegen freust du dich so? Ich dachte du würdest mich vermissen.«

»Das natürlich auch, aber …« Alicja errötet ein wenig und schaut peinlich berührt nach unten.

»Kein Problem«, lacht Robert, »ich verstehe dich schon.«

Emily und die anderen Jungs müssen ebenfalls schmunzeln.

Joe flüstert in die Runde: »Aber Leute, bevor wir wieder alle nach Hause gehen, sagt mal, interessiert ihr euch nicht für die Robus?«

Peter flüstert mit ängstlicher Stimme: »Wie meinst du das? Ich bin ehrlich gesagt froh, wenn ich erst einmal wieder zuhause bin. Das ist mir hier alles nicht so geheuer.«

Emily, Alicja und Robert müssen wieder lachen. Selbst Jack führt Peters Aussage ein Lächeln in sein Gesicht. Joe hingegen fügt hinzu: »Nein, jetzt mal ehrlich. Wir sind die ganze Zeit hier, bereits seit einem halben Jahr und lernen, wie wir gegen etwas ankämpfen sollen, was wir noch gar nicht kennen.«

»Ich verstehe, was du meinst. Aber wie stellst du dir das vor? Sollen wir die Wissenden fragen, hey, hört mal, wir haben uns gerade überlegt, dass wir uns doch gern mal einen Robu anschauen möchten, bevor wir wieder nach Hause fahren«, entgegnet Robert.

Alicja stimmt Robert mit einem Nicken zu. »Ich sehe das wie Robert. Wie stellst du dir das vor? Die Wissenden würden das niemals zulassen, dass sie uns diese zeigen, geschweige denn, dass wir allein das Gelände verlassen dürfen.<<

>>War ja auch nur so ein Gedanke. Ich finde es halt blöd, dass wir hier die ganze Zeit abhängen und für etwas lernen, das wir noch nie gesehen haben<<, antwortet Joe entrüstet.

Ihre Unterhaltung wird durch Arus unterbrochen. >>Ich hoffe, ihr habt gut gefrühstückt. Jetzt ist es nur noch eine Woche, bis ihr erst einmal wieder zurück zu euren Familien und Freunden fahrt. Nachdem ihr im letzten halben Jahr so viel gelernt habt, möchten wir diese Woche etwas ruhiger angehen und euch auch andere Dinge zeigen, wie eine Burgführung und vielleicht für euch auch nützliche Dinge. Heute, direkt nach dem Frühstück, werdet ihr ein wenig Zeit bei unserer lieben Köchin Leila verbringen. Seid gespannt und genießt die letzte Woche bei uns.<<

Arus setzt sich wieder auf seinen Stuhl und

erhält von seinen Kollegen und auch von Robert, Joe, Jack, Peter, Emily und Alicja Beifall, wie sie es immer bei einer Rede von ihm machen.

Joe beugt sich zu den anderen und flüstert mit einem Lachen: >>Jetzt mal ganz ehrlich, was sollen wir heute von der Köchin lernen? Etwa kochen? Na toll!<<

>>Ich finde das gar nicht so schlimm, dass wir heute mal was anderes lernen als immer das Gleiche<<, fügt Alicja hinzu.

In diesem Moment kommt auch schon die Köchin Leila zu den sechs Jugendlichen an den Tisch. Sie trägt wie immer ihre Schürze um die Hüfte, eine weiße Schürze, die mit einem Einhorn in der Mitte bestickt ist. Ihre Haare sind weiß und kurz gelockt. Emily schätzt, dass sie schon etwas älter ist, vielleicht so um die 60 Jahre. Sie scheint aber noch sehr fit zu sein und kann unheimlich leckeres Essen zubereiten. Emily ist daher, genauso wie Alicja, gespannt, was sie heute bei ihr lernen werden.

>>Hallo, ihr Lieben, heute haben wir das Vergnügen und ich freue mich schon sehr darauf, euch einige meiner Küchenschätze zu zeigen<<, sagt Leila mit einem Lächeln.

Emily sieht, wie Joe in seinem Stuhl versinkt und mit den Augen rollt. Man sieht ihm förmlich an, dass Küchensachen nun wirklich nicht sein Ding sind und er auch gar keine Lust darauf hat.

>>Dann kommt mal mit<<, fügt Leila hinzu und geht in Richtung Küche. Alicja ist die Erste, die von ihrem Stuhl aufspringt und Leila folgt. Emily und die anderen vier folgen ebenfalls, Joe jedoch nur zögerlich und lustlos.

Die sechs Jugendlichen staunen, als sie die Küche sehen. Die Decke ist so hoch wie im Speisesaal und überall hängen weiße Töpfe und Pfannen an den Wänden. Auf der rechten Seite sind 12 Herdplatten, die mit Gas betrieben werden und auf der linken Seite ist eine weiße Arbeitsplatte, auf der noch Schneidebretter, Messer und Löffel liegen, die Leila wohl für die Zubereitung des Frühstücks verwendet hat. Es riecht noch nach frischen Brötchen, die zuvor gebacken wurden.

Ganz am Ende der Küche steht ein großer langer Tisch, auf dem 6 Becher, 6 leere Schalen sowie 6 Trinkflaschen stehen.

Leila geht direkt zu dem Tisch und sagt mit hastiger Stimme: »Kommt, ihr Lieben, bitte hierhin. Stellt euch jeder vor einen Becher und dann werde ich euch erzählen, was wir heute machen.«

Da Leila so schnell redet und dadurch das Gefühl vermittelt, dass man sich beeilen sollte, gehen Emily und die anderen fünf schnurstracks zum Tisch und stellen sich jeweils vor einen Becher.

Joe murmelt leise ironisch vor sich hin: »Und jetzt kommt das Mega-Kochen - seid gespannt.«

Robert, der direkt neben ihm seinen Platz eingenommen hat, fängt an zu lachen.

»So ihr Lieben, heute werdet ihr mal etwas ganz anderes lernen, als ihr es bisher bei den

Wissenden gelernt habt. Wir werden heute zusammen einen Trank herstellen, der euch helfen wird, wenn ihr euch mal nicht so gut fühlt oder verletzt seid. Er kann zwar die Verletzung nicht heilen, aber euch zu Kraft verhelfen, damit ihr euch aus einer brenzligen Situation noch in Sicherheit bringen könnt, bis ihr ärztlich versorgt werdet. Also nehmt jetzt jeder bitte seine Schale und folgt mir.<<

Emily flüstert zu Alicja: >>Ich glaube, ich kenne diesen Trank. Der ist echt gut.<<

>>Woher?<< fragt Alicja erstaunt.

>>Erusius hat mir diesen mal gegeben, nachdem ich von Luzerno heruntergefallen bin. Nach dem Sturz war ich geschockt und fertig. Nachdem ich den Trank getrunken hatte, ging es mir sehr schnell wieder besser und meine wackeligen Beine waren wie weggeblasen.<<

>>Wow, also, dann bin ich mal gespannt, was da so reinkommt. Kann ja dann vielleicht doch recht nützlich sein.<<

Da die sechs Jugendlichen die Schalen nur sehr

zögerlich nehmen, versucht Leila jetzt ein wenig Druck zu machen. >>Kommt, kommt, nehmt die schon, nicht so zögerlich! Folgt mir!<<

Leila geht schnellen Schrittes durch eine Glastür, die links von der Küche abgeht. Hinter der Glastür befindet sich ein riesiges Kräuterbeet in den unterschiedlichsten Farben. So gibt es rote, weiße, blaue, grüne und sogar lilafarbene Blüten und Kräuter. Einige glitzern sogar in der Sonne. Über dem Beet fliegen zudem hunderte Schmetterlinge, wodurch es so aussieht, als würden die Blüten der Kräuter umherfliegen. In der Luft liegt ein unbeschreiblicher Duft von unterschiedlichen Blüten und Kräutern.

Leila sieht den Jugendlichen ihre Begeisterung sichtlich in den Augen an und freut sich sehr darüber. >>Das ist mein Kräutergarten, den ich vor Jahrzehnten angelegt habe und seitdem immer liebevoll pflege. Hier findet ihr allerhand Kräuter zum Kochen, Backen, aber auch für Kräutermedizin oder unseren Trank, den wir heute zusammenmischen werden. Aber bitte nehmt nur diese Kräuter, die ich euch nenne, denn ein falsches Kraut kann verheerende Folgen haben! Gut, dann folgt mir mal.<<

Leila geht durch einen Gang, der zwischen den Kräutern hindurchführt und bleibt vor einer gelben Kräuterart stehen. Emily, Alicja, Robert, Peter, Joe und Jack bleiben hinter ihr und hören ihr jetzt voller Begeisterung zu.

>>Diese Kräuterart wird Labullus rubia genannt. Sie steht für Kraft und Stärke. Nehmt euch hiervon jeweils zwei Stängel mit.<<

Peter ist nach dieser Information über Kraft und Stärke, die diese Kräuter verleihen sollen, so angetan, dass er sich an den anderen vorbeischiebt und sich als erster zwei von diesen Kräutern nimmt.

>>Du hast es aber auf die Kräuter abgesehen<<, lacht Robert.

Peter entgegnet: >>Ja, das ist das, was mir auch noch fehlt und ich dringend brauche, im Gegensatz zu euch.<<

Leila ist bereits auf dem Weg zu einer anderen roten Kräuterart und redet mit hastiger Stimme weiter.

>>Diese Kräuterart steht für Mut. Aber hierbei ist Vorsicht geboten! Mischt ihr diese mit den falschen Kräutern, kann dies verheerende Nebenwirkungen haben, wie zum Beispiel Psychosen! Also lasst bitte immer die Finger von dieser Kräuterart. Entweder man wurde mit Mut geboren oder halt nicht. Aber Mut könnt ihr euch auch antrainieren.<<

Direkt neben den roten Kräutern sind noch lilafarbene Kräuter. >>Von denen hier könnt ihr euch auch jeweils zwei nehmen. Diese Kräuterart wird Nervitzius Spallus genannt. Sie beeinflusst euer Gedächtnis und lindert euer Schmerzempfinden. Los, nehmt euch schnell jeder welche.<<

Die sechs Jugendlichen nehmen sich jeweils die Kräuter, so wie es ihnen Leila mitgeteilt hat und legen diese in ihre Schalen. Leila ist schon wieder auf dem Rückweg in die Küche. Es scheint so, als wäre sie immer in Eile.

Peter ist der Letzte, der erst eine Minute nach den anderen in der Küche ankommt.

>>Los, Peter, gehe bitte auch auf deinen Platz, wir machen direkt weiter<<, sagt Leila. Emily sieht, wie Peter schon einen roten Kopf hat, weil Leila ihm so viel Stress macht.

>>So, jetzt wird jeder von euch die Kräuter in seiner Schale mit einem Stampfer so zerkleinern, bis eine breiförmige Masse entsteht. Anschließend werdet ihr klares Wasser hinzufügen. Die Wasserflaschen habe ich euch bereits in die Mitte des Tisches gestellt. Los, fangt schon an!<<

Das Stampfen der Kräuter ist ganz schön anstrengend, denn die Kräuter sind recht groß und es dauert eine ganze Weile, bis Emily und die anderen diese soweit zerkleinert haben, dass eine breiige Masse entsteht. Emily schüttet Wasser über den Brei und der Geruch, der durch dieses Gemisch entsteht, erinnert sie sehr an das Getränk, welches sie von Erusius nach Ihrem Sturz von Luzerno bekommen hatte. Es muss wirklich das gleiche Getränk sein.

>>So, und jetzt füllt die Flüssigkeit schnell in die Becher, indem ihr die Kräuter absiebt mit den Sieben, die ich gerade neben eure Becher gelegt habe.<<

Die sechs Jugendlichen folgen Leilas Vorgaben und füllen den fertigen Trank jeweils in ihre Becher.

Peter spricht plötzlich mit zögerlicher und auch ängstlicher Stimme: >>Ähm …, ich glaube, ich brauche Hilfe.<<

Da sie alle nebeneinander am Tisch stehen, kann Emily nicht sehen, warum Peter Hilfe benötigt. Plötzlich macht Robert, der neben Peter am Tisch steht, einige Schritte nach hinten, um Leila Platz zu machen. Leila eilt zu Peter.

>>Was ist denn Peter?<<

>>Irgendwie blubbert mein Getränk.<<

Peter schaut in sein Getränk. Plötzlich explodiert das Getränk unter lautem Knallen.

Peters Gesicht ist jetzt übersäht von schwarzem Ruß und Resten der Kräuter. Leila sagt aufgeregt: >>Oh nein, ist dir etwas passiert, Peter?<<

Peter, der noch geschockt ist, schüttelt nur mit seinem Kopf.

>>Was hast du denn da hineingemischt? So etwas kann bei den Kräutern, die ich euch genannt habe, eigentlich gar nicht passieren! Hast du mir nicht zugehört und vielleicht die falschen Kräuter genommen?<<

Peter senkt seinen Kopf und sagt leise: >>Sie hatten doch von der Blüte geredet, die zu Mut verhilft. Da ich nie Mut habe, dachte ich, ich nehme davon ein kleines bisschen. Ich habe wirklich noch nicht mal einen ganzen Stängel genommen, sondern wirklich nur ein ganz kleines Stück. Ich dachte, es würde mir helfen.<<

Emily, Alicja, Joe, Robert und Jack müssen lachen. Leila hingegen ist sehr um ihn besorgt, sagt aber auch im ernsten Ton: >>Ich habe euch doch gesagt, dass diese Kräuter auch gefährlich sind, wenn diese mit den Falschen vermischt werden. Jetzt komm aber erstmal mit und wasche dir dein Gesicht, damit du nicht die ganze Zeit hier so rumläufst und wir schauen können, ob du dich nicht doch verletzt hast. Und ihr anderen könnt zwischenzeitlich eure Getränke in die Trinkflaschen füllen und diese dann mitnehmen. Behaltet diese immer gut bei euch, falls ihr den Trank mal unvorhergesehen braucht. Wir sind dann für heute mit dem Unterricht fertig. Und bitte, bleibt alle von den anderen Kräutern fern, wenn ich jetzt mit Peter nicht da bin. Ihr habt ja gesehen, was passieren kann und das war noch harmlos. Es hätte weitaus mehr passieren können, wenn Peter eine größere Menge genommen hätte.<<

Leila verlässt mit Peter die Küche.

Robert sagt lachend zu den anderen: >>Ach, der Peter, der macht aber auch Sachen. Hätte auch von mir sein können. Ich probiere auch gerne etwas aus.<<

>>Also mir tut er schon ein wenig Leid<<, sagt Alicja und fügt hinzu: >>Er ist wirklich sehr ängstlich und weiß sich nicht zu helfen.<<

>>Ja und er kennt als einziger noch nicht seine Fähigkeit und das erste Semester ist jetzt fast vorbei<<, bekräftigt Emily.

Jack antwortet: >>Ja, aber er wird seine Fähigkeit bestimmt noch früh genug entdecken und vielleicht wird sie ihm dann auch zu mehr Mut verhelfen, wenn er selbst erst einmal weiß, was für eine Fähigkeit er hat.<<

>>Ja, das kann sein<<, stimmt Emily zu und füllt auch ihre Trinkflasche mit dem selbstgemachten Kräutertrank, um diese dann immer bei sich zu haben.

Denn sie weiß aus eigener Erfahrung, wie wichtig der Trank ist und wie gut dieser helfen kann.

Der Plan

Beim Abendessen wird Emily bewusst, dass es jetzt nur noch zwei Tage sind, bis sie ihre Familie und Freunde wiedersehen wird. Aber auf der anderen Seite hat sie hier in Nornhie auch neue Freunde und liebe Menschen gefunden, die sie mit Sicherheit auch in den Monaten, die sie wieder zuhause verbringt, vermissen wird.

Plötzlich kommt auch Peter zum Tisch und von dem schwarzen Ruß in seinem Gesicht, den er sich in der Kräuterstunde bei der Köchin Leila eingefangen hatte, ist fast nichts mehr zu sehen. Die anderen fünf Jugendlichen hatten Peter seit der Kräuterstunde nicht mehr gesehen.

Alicja fragt Peter besorgt: »Wie geht es dir? Du warst ja ganz schön lange weg.«

Peter setzt sich auf seinen Platz und antwortet: »Es hat ewig gedauert, bis die schwarze Farbe von meinem Gesicht weg war. Leila hat es zuerst mit Wasser versucht, aber das war so hartnäckig, dass Wasser oder Seife gar nichts gebracht haben. Also musste ich warten, bis Leila eine Kräutercreme zubereitet hat, die aber noch drei Stunden gekühlt werden musste. Diese Creme war so eklig und stank total. Ganz ehrlich, das mache ich nie wieder!<<

Robert legt seinen Arm um Peter und sagt lachend: >>Ist doch nicht schlimm. Jeder macht hier seine Erfahrungen!<<

Joe fügt hinzu: >>Und ganz ehrlich, Peter. Du wolltest dadurch mutig sein. Aber wenn du jetzt mal richtig darüber nachdenkst, dann war es doch mutig von dir, dass du dich getraut hast, die Blüte überhaupt mitzunehmen und unter die anderen Kräuter zu mischen, obwohl Leila uns allen zuvor davor gewarnt hat.<<

>>Darüber habe ich noch gar nicht nachgedacht<<, antwortet Peter.

>>Siehst du, du bist doch nicht so ängstlich, wie du immer denkst<<, sagt Robert lachend.

Emily hingegen ist wieder in ihren Gedanken versunken. Jack, der wie Alicja neben ihr sitzt, bemerkt dies und stupst sie von der Seite an. Während die anderen sich noch über Peter unterhalten, fragt er Emily leise: >>Alles in Ordnung? Du wirkst so abwesend.<<

>>Ja, alles gut. Ich bin nur nachdenklich<<, flüstert Emily ihm zu.

>>Worüber denkst du denn nach?<<

>>Darüber, was Joe heute Morgen gesagt hatte, wegen der Robus. Dass jetzt das erste Semester vorbei ist, aber das, wogegen wir kämpfen sollen und wofür wir die ganze Zeit lernen, dass wir das noch nie gesehen haben.<<

>>Wir werden die noch früh genug sehen. Sei froh, dass wir denen noch nicht begegnet sind<<, sagt Jack.

Irgendwie hat Jack recht, findet Emily. Wer weiß, wie die Robus in Wirklichkeit sind und was da auf sie zukommen wird. Aber Emilys angeborene Neugier ist dennoch sehr stark ausgeprägt und wie gern würde sie einen Robu nur mal vom Weiten sehen. Vielleicht um zu wissen, wofür sie das alles machen oder als

Bestätigung, dass das auch wahr ist, was ihnen die Wissenden erzählen und sie ihre Zeit in Nornhie nicht umsonst verschwenden.

Nach dem Abendessen begeben sich die sechs Jugendlichen auf Ihre Zimmer. Vor dem Jungenzimmer bleibt Emily aber stehen. Alicja, die schon auf der halben Treppe nach oben zum Mädchenzimmer ist, fragt: »Emily, willst du nicht mitkommen?«

»Wartet mal!« sagt Emily zu den anderen und fragt: »Können Alicja und ich vielleicht noch kurz zu euch mit ins Jungenzimmer?«

»Klar«, sagt Joe. »Aber lasst euch nicht erwischen.«

Robert öffnet die Tür des Jungenzimmers und schaut sich zunächst noch einmal um, ob ein Wissender in der Nähe ist. »Die Luft ist rein«, flüstert Robert und alle begeben sich ins Jungenzimmer und schließen die Tür.

Im Jungenzimmer machen es sich alle erst einmal auf ihren Betten und Stühlen gemütlich, nur Emily bleibt stehen.

Robert lässt sich auf sein Bett fallen und sagt schmunzelnd: >>Endlich Feierabend. Alicja, du darfst dich auch gern neben mich legen, wenn du magst.<< Robert klopft mit seiner Hand neben sich aufs Bett.

Alicja, die bereits auf einem Stuhl sitzt, errötet leicht und antwortet zögernd: >>Ähm …, ich sitze gerade lieber, aber danke.<<

>>Emily, was ist los? Warum setzt du dich nicht? Du musst nicht stehen bleiben<<, sagt Jack zu ihr.

Emily möchte sich aber nicht setzen. Sie möchte unbedingt etwas loswerden. >>Hört mir bitte mal zu! Joe, das, was du heute Morgen beim Frühstück gesagt hast, darüber mache ich mir die ganze Zeit schon Gedanken. Ich weiß, dass ich ein sehr neugieriger Mensch bin, aber ich muss es auch für mich herausfinden.<<

>>Was habe ich denn heute Morgen gesagt? Sorry, aber der Tag war wirklich sehr lang<<, fragt Joe.

>>Das über die Robus<<, antwortet Emily. >>Ob

wir die nicht mal vor unserer Abreise sehen
möchten.<<

>>Du denkst doch jetzt nicht ehrlich darüber
nach, zu den Robus zu gehen oder Emily?<< fragt
Alicja erstaunt.

>>Da bin ich aber raus. Ich habe heute schon
genug erlebt<<, antwortet Peter ängstlich und
erschöpft.

Robert und die anderen lachen. Nur Emily
bleibt ernst.

>>Du meinst es wirklich ernst, oder?<< fragt
Jack.

>>Ja. Ich weiß, es ist gefährlich und ich weiß
auch, wir dürfen hier nicht weg. Aber vor
meiner Abreise musste mich Erusius sehr davon
überzeugen, überhaupt mitzukommen, weil das
alles für mich so unwirklich klang. Natürlich
habe ich hier gemerkt, dass Erusius nicht zu
viel versprochen hatte. Aber für das, was wir
hier alles lernen und wir ausgebildet werden,
dafür möchte ich aber auch wissen, wofür ich
das mache und gegen wen ich dann kämpfen muss.

Wenn ich ehrlich bin, hört sich die Geschichte mit den Robus für mich noch so wie ein Märchen an. Ich habe in dem ganzen halben Jahr hier noch nichts annähernd Gefährliches gesehen. Wir waren bei den Fugis und selbst die scheinen glücklich zu sein und wirkten auf mich nicht wirklich ängstlich. Das Einzige, was ich gesehen habe, war die Dunkelheit hinter dem Gebirge, wo sich angeblich auch die Robus befinden sollen. Und da möchte ich hin!‹‹

Keiner sagt zunächst etwas, bis Robert das Schweigen bricht: ››Und wann wolltest du dahin? Und wie hast du dir das vorgestellt? Einfach den Wissenden sagen, hört mal wir machen mal kurz einen Ausflug, sind aber später wieder da, falls uns die Robus nicht aufgefressen haben.‹‹

››Noch heute Nacht und bis zum Frühstück sind wir wieder zurück‹‹, antwortet Emily.

››Emily, ich kann dich verstehen, dass du die mal sehen möchtest, aber findest du das nicht ein bisschen zu gefährlich? Und stell dir mal vor, einer der Wissenden bekommt das raus, dann sind wir geliefert!<< antwortet Alicja.

>>Wie gesagt, ich finde das auch keine gute Idee<<, sagt Peter ängstlich.

>>Aber habt ihr alle denn kein Interesse, die mal zu sehen. Oder stellt euch mal vor, die Wissenden erzählen uns wirklich nur Mist und es gibt die Robus gar nicht. Wir würden nach Hause fahren, nach den Ferien wieder hierher kommen und weitermachen. Und später stellt sich heraus, dass wir die ganze Zeit nur belogen wurden von allen! Ich finde, wir haben ein Recht darauf zu sehen, wofür wir das alles hier machen!<<

Zunächst verstummen alle. Nach einiger Zeit steht Jack auf und sagt: >>Ich bin dabei und komme mit dir.<< Er lächelt Emily kurz an, was Emily erwidert.

Sie freut sich sehr darüber, dass Jack hinter ihr steht und hätte nie im Leben daran gedacht, dass Jack der Erste sein würde, der sich dazu bereit erklärt, mitzukommen. Geschweige denn, dass er es für eine gute Idee hält, gegen die Regeln zu verstoßen.

>>Bist du verrückt<<, fragt Joe und schaut Jack dabei an. Jetzt steht auch er auf. >>Was meinst du, was alles passieren kann? Zudem ist es total schwierig, erst einmal unbemerkt hier rauszukommen und sollten wir das schaffen, dann müssen wir erst einmal auf die Einhörner und wir wissen, dass nicht alle von uns gut reiten können.<<

Peter versinkt in seinem Bett, als er das hört und stammelt: >>Ja, i… ich finde das auch nicht so eine gute Idee.<<

>>Und dann, wenn wir das alles doch geschafft haben und bei den Felsen angekommen sind, stellt euch mal vor, diese Robus gibt es wirklich und wir spazieren da einfach so entlang. Was meint ihr, was die mit uns machen, wenn das alles stimmt, was die Wissenden uns erzählt haben? Oder fühlt ihr euch schon so weit, dass ihr gegen die kämpfen könnt? Also ich kann vielleicht nur für mich sprechen, aber ich glaube, dass ich noch ein wenig Übung brauche, um dagegen anzukommen. Falls wir überhaupt

eine Chance haben<<, fügt Joe hinzu.

>>Ich verstehe dich, Joe. Aber mal ganz ehrlich, ein wenig muss ich Emily zustimmen. Wir fahren jetzt alle wieder nach Hause und waren ein ganzes halbes Jahr bereits hier. Wir haben unsere Familien und Freunde für das hier im Stich gelassen und haben irgendwas gelernt, was wir weder schon anwenden konnten, noch überhaupt wissen, wogegen wir kämpfen müssen. Also mich interessiert es auch, wogegen ich später kämpfen soll, denn nur dann weiß ich auch, wie ich meine Fähigkeiten einsetzen muss und wie ich sie am besten trainiere<<, entgegnet Jack.

Emily fügt hinzu: >>Genau das meine ich auch. Wenn wir selbst die Robus noch nie gesehen haben, noch nie gemerkt haben, wie sie sind, wie sie laufen, fliegen und was sie machen, wie sollen wir dann wissen, wie wir gegen sie später kämpfen sollen? Also was meint ihr? Ist noch jemand dabei? Also ich werde definitiv gehen und zwar noch heute Nacht. Uns bleibt nicht mehr viel Zeit, denn wir müssen im

Morgengrauen wieder zurück sein!<<

>>Ich bin auch dabei<<, sagt Alicja und steht
jetzt kerzengrade im Raum.

Emily hat sich schon gedacht, dass Alicja
bestimmt doch mitkommen wird, denn sie ist
eigentlich für jedes Abenteuer zu haben. Jetzt
steht auch Robert auf und legt seinen Arm um
Alicja. >>Ich komme auch mit. Ich kann Alicja
ja nicht allein gehen lassen. Sie braucht
jemand Starkes an Ihrer Seite.<<

Alicja errötet wieder. Die anderen lächeln
Robert an.

>>Na gut, wenn ihr alle schon geht, dann komme
ich natürlich auch mit. Denn falls etwas
passiert, dann sollten wir vielleicht alle
unser Bestes geben und zusammen versuchen, da
wieder heil rauszukommen. Allein ist es zu
gefährlich<<, sagt Joe und steht ebenfalls
auf.

Robert schaut zu Peter, der immer noch in
seiner Decke im Bett versunken ist. >>Und was
ist mit dir, Peter? Du willst doch nicht etwa

hier allein bleiben, oder?<<

Peter steht nur langsam auf und sagt ängstlich: >>Na gut. Aber nur ganz kurz schauen und dann schnell wieder zurück, okay?<<

>>Ja natürlich, Peter. Mehr wollen wir doch alle nicht. Meinst du, wir wollen uns in Gefahr bringen?<< fragt Robert ironisch und lacht.

Emily freut sich, dass alle mitkommen wollen. >>Super, dann können wir ja los.<<

>>Warte Emily<<, antwortet Jack: >>wir sollten noch einige Sachen einpacken, meinst du nicht? Jeder sollte sich am besten etwas zum Trinken und zum Essen mitnehmen, da wir nicht wissen, wie lange das dauern wird. Ich werde noch ein Seil mitnehmen. Wer weiß, vielleicht brauchen wir das ja in den Bergen.<<

>>Du hast recht<<, stimmt Emily ihm zu: >>dann gehen Alicja und ich kurz in unser Zimmer und holen die Rucksäcke. Dann lasst uns doch in fünf Minuten im Flur vor eurem Zimmer wieder treffen!<<

Alle stimmen ihr nickend zu und holen ihre Rucksäcke. Auch Emily und Alicja gehen eiligen Schrittes in ihr Zimmer und packen ihre Rucksäcke, um sich schnell auf den Weg machen zu können.

Aufbruch zu den Bergen

Mitsamt Rucksack warten Emily und Alicja vor dem Jungenzimmer auf die vier Jungs. Endlich kommen auch sie aus ihrem Zimmer heraus. Jeder von ihnen hat seinen jeweiligen Rucksack dabei, vollgepackt mit etwas zum Essen und zum Trinken. Jack hat noch zusätzlich ein Seil außen an seinem Rucksack befestigt.

>>Da seid ihr ja endlich<<, sagt Alicja aufgeregt.

>>Ganz ruhig, ist doch nichts passiert<<, entgegnet Robert mit einem Lächeln. >>Wir brauchten halt ein wenig länger, um unsere Sachen zusammen zu suchen.<<

>>Wenn ihr mal Ordnung halten würdet, wäre das sicher schneller gegangen, denn so viel Zeit haben wir ja auch nicht. Und die Wissenden halten ja ständig Nachtwache. Die hätten uns schon längst erwischen können<<, antwortet Alicja und schaut sich sorgenvoll um.

Robert lacht. >>Wenn du dir jetzt schon so viele Gedanken machst, wie soll das denn auf der ganzen Reise erst werden? Komm ein bisschen runter – noch ist doch nichts passiert. Und wenn uns doch hier jemand erwischt, dann denken wir uns einfach schnell etwas aus. Ich mach mir da keinen Stress.‹‹

Alicja möchte gerade etwas zu Robert sagen, als Emily schnell hinzufügt: ››Lasst uns jetzt los. Alicja hat recht, so viel Zeit bleibt uns leider nicht und wir wissen auch nicht, wie lange wir genau brauchen werden.‹‹

Jack, Emily, Alicja, Robert, Joe und Peter gehen hintereinander die Turmtreppen herunter bis zu dem Flur, der zu allen Räumen führt. Den Lehrräumen, dem Speisesaal, aber auch dem Burggarten, wo sich die Einhörner befinden.

››Rechts geht es direkt zum Burggarten – wir können es ja über den normalen Flurweg versuchen‹‹, sagt Emily leise zu den anderen.

Jack geht voraus, aber gerade als ihm die anderen folgen wollen, hält er inne und deutet mit seiner rechten Hand an, dass sie alle schnell zur Treppe zurückgehen sollen.

>>Was ist denn los?<< flüstert Robert.

>>Ich habe da vorne einen Schatten gesehen, als würde jemand in unsere Richtung kommen<<, antwortet Jack leise.

Robert geht zu Jack und sagt: >>Lass mal sehen.<< Er schaut um die Ecke. >>Da ist nichts. Ich sehe niemanden. Kommt schon, sonst stehen wir hier noch die ganze Nacht an der Treppe<<, sagt Robert und läuft den Flur entlang.

Die anderen folgen ihm, als sie plötzlich Schritte hören, die immer näherkommen. Bis zur Turmtreppe zurückzulaufen, wäre jetzt einfach viel zu lang, das würden sie nicht mehr schaffen. Jack rennt zu einer Tür, die links neben ihnen liegt und holt einen Draht aus seiner Tasche. Er versucht, diese mit dem Draht zu öffnen. Die Schritte kommen immer näher. Emily, Robert, Peter, Joe und Alicja stehen direkt hinter Jack und schauen immer wieder in die Richtung, aus denen die Geräusche der Schritte kommen. Sie sind schon sehr nahe.

>>Mach schnell<<, drängt Alicja aufgeregt zu Jack.

Im letzten Moment klappt es und die Tür öffnet sich.

>>Schnell rein!<< sagt Jack leise zu den anderen. Alle rennen und quetschen sich durch die Tür. Jack schließt diese schnell leise hinter ihnen und hört, wie die Schritte kurz vor der Türe innehalten. In diesem Moment hält Emily die Luft an. Was wäre, wenn das einer der Wissenden ist und jetzt durch die Tür kommen würde und sie erwischt? Dann wäre alles umsonst gewesen und sie wären gerade mal ein paar Meter weit gekommen. Das wäre total ärgerlich. Nach einer gefühlten Ewigkeit hört Emily, wie die Person vor der Tür weiter den Flur entlang geht und sich entfernt.

>>Puh, nochmal Glück gehabt<<, sagt Joe erleichtert.

>>Dann lasst uns schnell weiter<<, sagt Robert und will die Tür wieder öffnen, als ihm Jack schnell: >>Halt, nicht öffnen!< mit leiser

Stimme zuruft.

Robert dreht sich zu ihm um. >>Warum denn nicht? Wir müssen uns doch beeilen.<<

>>Ja, aber wir sollten den Weg besser nicht mehr gehen. Wer weiß, wer im Flur gerade Wache hält und vielleicht hat derjenige auch schon Verdacht geschöpft. Hast du nicht gehört, dass er kurz vor dieser Tür stehen geblieben ist? Wir können von Glück reden, dass er hier nicht reingekommen ist<<, antwortet Jack.

>>Okay, Jack. Aber wohin sollen wir denn hier gehen? Durchs Fenster klettern? Ich kann ja viel und bin auch groß, aber so groß bin ich nun auch nicht<<, sagt Robert und schaut nach oben zu den Fenstern.

Jeder Raum in dieser Burg hat nur oben im Turm Fenster, die man ohne eine Leiter nicht erreichen kann.

>>Nein, wir gehen hier entlang.<< Jack geht einmal um das Pult des Lehrraums herum und schiebt dieses zur Seite. Unter dem Pult befindet sich eine Falltür, welche er leise

öffnet. Dahinter führen einige Treppen ins Dunkle weit nach unten.

>>Sag mal, woher kennst du diese Tür?<< fragt Emily erstaunt.

>>Das ist jetzt nicht so wichtig. Wir sollten schnell weiter<<, antwortet Jack und geht die Treppen herunter.

>>Du erstaunst mich immer wieder<<, entgegnet Robert und klopft Jack kurz auf die Schulter, bevor er ihm nach unten folgt.

Emily, Peter, Alicja und Joe folgen ebenfalls. Es ist sehr dunkel und Emily sieht ihre Hand vor Augen nicht. Vorsichtig laufen sie eine Stufe nach der anderen herunter.

Nach einigen Minuten sehen sie endlich etwas Licht im Dunklen. Es sind Kerzen, die an den Wänden eines Flures befestigt sind und Licht spenden. Wohl einer dieser Geheimgänge der Burg, denkt sich Emily.

>>Ich kann noch einiges von dir lernen<<, lacht Robert und überholt Jack, um den Flur schneller entlangzulaufen.

>>Mir nach<<, fügt er hinzu und will gerade weiterlaufen, als Jack ihn mit einer Hand zurückhält.

>>Was ist denn jetzt schon wieder?<< fragt Robert.

>>Pass auf die Augen auf!<< antwortet Jack.

>>Auf welche A… Au… gen?<< fragt jetzt auch Peter mit ängstlicher Stimme.

>>Ja, was für Augen?<< fragt auch Emily verwundert und schaut Jack erwartungsvoll an.

>>Schaut euch mal die Flurwände an. An verschiedenen Stellen sind Augen in den Wänden, die sich öffnen und schließen. Sie beobachten alles und sehen, wer und wann jemand durch den Geheimgang geht. Wir müssen darauf achten, dass wir uns nur bewegen, wenn sie geschlossen sind, sonst wissen die Wissenden direkt, dass wir hier sind<<, antwortet Jack.

Emily schaut sich um. Erst jetzt bemerkt sie, dass sich an den Flurwänden Augen befinden, die man in geschlossenem Zustand kaum erkennen

kann. Sie öffnen und schließen sich in
unterschiedlichen Zeitabständen. Gerade bei
dem geringen Fackellicht an den Wänden ist es
umso schwerer, die Augen zu erkennen.

Robert schaut Jack an: >>Sag mal, warst du
schon mal hier oder woher weißt du das alles?
Manchmal machst du mir echt Angst. Na ja,
vielleicht nicht Angst … eher bin ich
erstaunt, woher du das alles weißt. Wenn wir
hier heil rauskommen, dann bist du uns allen
echt mal eine Erklärung schuldig.<< Jack
lächelt.

>>Okay, aber jetzt sollten wir endlich mal
weiter. Uns läuft die Zeit davon<<, entgegnet
Alicja und schaut sich die Augen an. Als sich
die ersten schließen, fügt sie hinzu: >>Los
jetzt!<<

Alle laufen an den ersten geschlossenen Augen
schnell vorbei und bleiben vor den nächsten
stehen, die gerade noch geöffnet sind. Nur
Peter schaut während des Vorbeilaufens nach
hinten statt nach vorne und stolpert. In hohem
Bogen fliegt er an den anderen vorbei auf den

Boden – direkt vor die geöffneten Augen, die aber gerade noch geradeaus schauen.

Die Augen, die in der Wand befestigt sind, haben bezüglich des Öffnens und Schließens immer eine gewisse festgelegte Reihenfolge. Demnach schauen sie immer zuerst nach oben, dann geradeaus, nach rechts, nach links und dann nach unten, bevor sie sich wieder schließen.

Alle sind wie gelähmt, als sie sehen, wie Peter direkt vor den geöffneten Augen liegt. Nur Joe reagiert schnell und zieht Peter an seinen Beinen zu sich hin, dort, wo die Augen in ihrem Radius ihn nicht mehr sehen können.

>>Gerade nochmal gut gegangen<<, sagt Joe.

>>Danke<<, antwortet Peter noch sichtlich geschockt.

Auch die anderen atmen jetzt auf.

>>Steh schnell auf<<, sagt Alicja aufgeregt: >>bevor sich die Augen wieder öffnen.<<

Peter stellt sich hin und alle laufen schnell

weiter. So laufen sie von Auge zu Auge und bleiben in Abständen immer wieder stehen, wenn ein Auge geöffnet ist.

Endlich haben sie es geschafft und kommen zu einer weiteren Treppe, die jetzt aber nach oben führt. Schnell steigen sie die Treppen hinauf. Jack geht wieder voraus und öffnet die Tür. Diese Tür führt direkt nach draußen in den Burggarten. Sie ist von einem Wiesenstück bedeckt und vom Garten aus gar nicht erkennbar.

Emily, Alicja, Robert, Joe und Peter folgen ihm nach draußen, bevor Jack die Tür hinter ihnen wieder schließt.

Es ist sehr dunkel draußen. Jack geht zu Emily, legt kurz seine Hand auf ihre Schulter und sagt, »So. Jetzt ist dein Part.«

Emily nickt und weiß genau, was er meint. »Folgt mir, ich weiß, wo wir die Einhörner finden.«

Schnell rennt sie los und die anderen folgen ihr in den nahegelegenen Wald. Der Wald ist sehr dunkel, ganz anders als Emily das erste Mal hier war und ihre erste Begegnung mit Luzerno hatte.

Sie kommen zu der Lichtung mitten im Wald, bei der sich Emily sicher ist, dass sie hier auf die Einhörner treffen werden. Und sie hat recht behalten, denn auf der Lichtung befinden sich heute wieder einige Einhörner, die entweder auf der Wiese liegen oder das frische Wiesengrün genießen und grasen.

Emily schaut sich um und sucht als erstes nach Luzerno, aber er ist weit und breit nicht zu sehen.

Jack kommt zu ihr und fragt, »Suchst du nach etwas oder jemanden? «

»N…nein. Alles gut. Ich habe mich nur so umgesehen«, antwortet Emily.

Joe dreht sich zu den anderen um und sagt, »Dann lasst uns mal versuchen, Einhörner zu fangen. Jack du hast doch ein Seil, oder?«

»Ja«, antwortet Jack.

>>Ich glaube nicht, dass wir so einfach die Einhörner fangen können. In unserem Unterricht haben wir doch gelernt, dass die Einhörner zu uns kommen müssen, sonst lassen sie es nicht zu, dass wir auf ihnen reiten<<, antwortet Alicja.

>>Ach quatsch. Die Zeit haben wir nicht. Ich besorge uns schon eines Alicja<<, antwortet Robert und lächelt Alicja an.

>>Gut, dann schlage ich vor, wir versuchen alle eines zu fangen oder wie auch immer. Jeder auf seine eigene Weise. Ich denke aber, wir sollten immer zu zweit reiten, da nicht jeder so gut reiten kann. Was denkt ihr?<< fragt Joe.

Die anderen fünf nicken zustimmend.

>>Okay, dann los!<< ruft Robert und rennt auf die Einhörner zu.

Joe folgt ihm, Jack ebenfalls. Peter lässt sich lieber ein wenig Zeit und nähert sich eher langsam den Einhörnern.

Emily sieht, wie Alicja auf ein, in ihrer Nähe befindliches Einhorn, mit langsamen Schritten zugeht und kurz vor diesem stehen bleibt. Emily beobachtet sie und sieht, wie Alicja wartet, bis das Einhorn zu ihr kommt.

Robert hingegen, scheitert mit seiner Vorgehensweise. Nachdem er etlichen Einhörnern nachgelaufen ist, springt er jetzt auf eines direkt drauf. Dieses bockt jedoch und wirft ihn direkt wieder ab.

Inzwischen hat Alicja ein Einhorn dazu gebracht, dass sie auf ihm reiten kann. Sie hat Roberts Aktion ebenfalls gesehen und reitet nun zu ihm.

>>Und hat es geklappt?<< Alicja lacht und reicht ihm die Hand. >>Komm steig bei mir mit auf. Ich glaube dieses Einhorn lässt uns beide auf ihm reiten.<<

Robert ist wirklich peinlich berührt. Da er aber gerade keine andere Wahl hat, nimmt er ihre Hand und steigt mit auf das Einhorn. Joe hat inzwischen ebenfalls eines gefangen und reitet zu Emily.

>>Willst du mit mir zusammen reiten?<<

Jack, der jetzt ebenfalls ein Einhorn gefangen hat, reitet gerade auch zu Emily. Als er aber sieht, dass Joe sie fragt, hält er inne und reitet dann zu Peter und hilft ihm beim Aufsitzen.

>>Gern<<, antwortet Emily und steigt hinter Joe auf das Einhorn. Sie wäre gerne mit Jack geritten, aber mit Joe macht es ebenfalls Spaß und zudem ist er sehr nett.

>>Ja dann mal los<<, ruft Jack.

Die Einhörner rennen los und fliegen die Lüfte, auf direktem Wege zu den Bergen.

Die Robus

Emily liebt das Fliegen besonders in dieser ruhigen Nacht, wo die hellen Sterne und der Mond sehr gut zu sehen sind. Der Wind streift ihr durch die Haare, die sie zu einem Zopf gebunden hat. Unter Ihnen sieht Emily das Dorf der Fugis. Es sieht so unscheinbar ruhig und verlassen aus, denn nirgendwo brennt mehr ein Licht.

Emily fragt sich, ob wirklich alle zu dieser Zeit bereits schlafen oder die Fugis mit Absicht die Lichter ausschalten, damit die Robus sie in der Nacht nicht so gut sehen können.

Sie kommen den Bergen immer näher. Emily fällt auf, dass je näher sie der Dunkelheit hinter den Bergen kommen, desto kälter wird es. Die Nacht ist bereits dunkel, aber hinter den Bergen sieht es wirklich fast schwarz aus, als wäre dort kein einziges Licht, geschweige denn ein Stern zu sehen.

Emily schaut sich kurz zu den anderen um, denn

je näher sie der Dunkelheit kommen, desto mehr ist sie sich unsicher, ob das die richtige Entscheidung war. Was wäre, wenn jemand sich verletzen würde, nur weil sie unbedingt die Robus sehen wollte? Oder wenn noch etwas viel Schlimmeres passieren würde und die Robus dann vielleicht aus Zorn auf direktem Wege nach Fuga laufen und dieses und die Fugis dann zerstören würden?

Emily plagt mehr und mehr das schlechte Gewissen. Jack sieht man seine Neugier und Entschlossenheit an, die Robus einmal von Angesicht zu Angesicht sehen zu können. Er schaut gar nicht nach rechts und links, sondern nur zu den Bergen. Peter hingegen, versteckt sich hinter Jacks Rücken. Emily sieht ihm förmlich seine Angst an, aber das ist bei ihm ja nichts ungewöhnliches mehr.

Robert, der die Zügel des Einhorns übernommen hat, reitet hinter Jack her und konzentriert sich, dass er das Einhorn unter Kontrolle hält. Er lässt sich seine Unsicherheit vor Alicja nicht anmerken. Die hingegen, hat ihre

Arme fest um seinen Bauch geklammert, um nicht herunterzufallen.

Plötzlich zeigt Jack zu den anderen auf eine Felsplatte in dem Gebirge, auf der sie landen können und setzt zur Landung an. Robert und Joe folgen ihm und landen ebenfalls auf dieser, doch recht großen, Felsplatte.

»Warum landen wir hier?« fragt Robert und schaut Jack dabei an.

»Weil wir lieber durch das Gebirge laufen sollten. Wir wissen nicht, ob die Robus direkt hinter diesen Bergen sind. Sollte es so sein, würden sie uns direkt bemerken, wenn wir zu Ihnen fliegen. Mal abgesehen davon, dass wir durch das Fliegen eher gesehen werden, würden sie uns auch durch die Flügelschläge der Einhörner viel eher hören«, antwortet Jack.

»Da hast du wirklich recht«, stimmt Alicja ihm zu.

»Darüber habe ich noch gar nicht wirklich nachgedacht«, fügt Joe hinzu.

»Sollen wir die Einhörner dann hier lassen?

Denn durch die engen Felsspalten schaffen die es nicht wirklich«, fragt Alicja.

»Ja das müssen wir wohl. Anbinden können wir sie leider nicht, da wir hier keine Möglichkeit dazu haben. Ich glaube wir müssen uns dann später auf dich, Emily, verlassen, wenn wir wieder zurückfliegen wollen. Denn du kannst sie vielleicht dann wieder zu uns führen und mit deinen Gedanken rufen«, antwortet Jack und lächelt Emily an.

»Ich werde es versuchen«, sagt Emily und erwidert sein Lächeln.

»Ja dann mal los, bevor uns die Zeit davonläuft und wir nicht pünktlich wieder zurück sind. Ich will mir nicht vorstellen, welchen Ärger wir bekommen werden, wenn die Wissenden von unserer Aktion erfahren. Daher sollten wir uns beeilen!« drängt Robert und geht auf direktem Wege zu einer engen und dunklen Felsspalte. Die anderen tun es ihm gleich und lassen die Einhörner zurück.

Die Felsspalte ist sehr dunkel und je weiter

die sechs Jugendlichen in diese hineingehen, desto weniger können sie sehen. Der dunkle Weg scheint unendlich lang zu sein.

Plötzlich bleibt Robert stehen und ruft, »Halt Stopp!«

»W…w…was ist los?« fragt Peter ängstlich.

»Ich merke, dass es hier sehr tief nach unten geht und wir nicht weiterkommen. Zumindest kann ich nichts sehen, wo wir am besten lang gehen sollten, um nicht in die Tiefe zu stürzen«.

»Warte«, sagt Jack und geht vorsichtig zu Robert. Er hockt sich kurz hin und erzeugt mit seinen Händen ein kleines Feuer, welches ihnen Licht spendet.

»Wie cool ist das denn?« fragt Robert voller Begeisterung. »Wie hast du das gemacht, Kumpel?«

Jack führt das Feuer an dem Abgrund entlang, um mehr erkennen zu können.

»Dort vorne geht es weiter«, sagt er nach

kurzer Zeit und zeigt auf einen kleinen Weg, der an einem Felsen entlang verläuft. »Wir können da aber nur seitlich rüber«. Jetzt erlischt das Feuer in seinen Händen wieder.

»Warum hast du das Feuer wieder gelöscht? Das Licht könnten wir gut gebrauchen«, fragt Joe und schaut Jack dabei an.

»Leider kann ich es noch nicht über Dauer halten. Da fehlt mir noch die Übung.«

»Lasst uns jetzt weiter«, sagt Emily zu den anderen und geht entschlossen zu dem an dem Felsen befindlichen Weg. Mit kleinen Seitwärtsschritten versucht sie langsam den Weg an der Wand entlangzugehen. Es ist schon ein merkwürdiges Gefühl, wenn man weiß, dass vor einem ein tiefer Abgrund ist und man nichts erkennen kann., denkt sie sich. Nach einigen Metern schafft sie es und kommt wieder auf einem größeren Weg an.

»Hast du es geschafft, Emily?« ruft Alicja von der anderen Seite.

»Ja, alles gut«, antwortet Emily.

»Okay, dann komme ich jetzt zu dir.« Alicja geht langsam denselben Weg, den Emily zuvor gegangen ist, bis sie ebenfalls auf der anderen Seite ankommt. Robert folgt ihr und Joe ebenfalls. Peter ist zunächst noch sehr ängstlich und unsicher und traut sich nicht, einen Fuß neben den anderen zu setzen.

»Du schaffst das Peter. Denk nicht an die Tiefe«, ermutigt ihn Jack.

»N…na g..gut«, antwortet Peter und setzt langsam einen Fuß neben den anderen.

In der Mitte bleibt er aber für einen kurzen Moment stehen. Er zittert jetzt am ganzen Körper.

»Komm schon«, ruft Alicja, »gleich hast du es geschafft, Peter!«

»Ich schaffe das!« redet Peter sich selbst gut zu und geht langsam weiter. Dabei tritt er aber auf einen kleinen Stein, rutscht mit einem Fuß aus und fällt. Im letzten Moment kann er sich noch an dem Rand des Felsvorsprungs mit seinen Händen festhalten und ruft den anderen ängstlich zu, »Hilfe! Ich kann mich nicht halten!«

Jack läuft jetzt so schnell er kann, an dem Felsvorsprung entlang und erzeugt kurz mit seiner Hand ein kleines Feuer, um sehen zu können, wo sich Peter genau befindet. Dann handelt er schnell, nimmt vorsichtig sein Seil, und bindet es sich selbst um. Das andere Ende des Seils wirft er in Richtung von Emily, Joe, Alicja und Jack.

»Haltet das bitte gut fest«, ruft er ihnen zu. Joe benutzt unbewusst seine Kräfte und zieht mit seinen Gedanken das Seil zu sich heran, sodass Robert und Joe nach diesem greifen können. Auch Emily und Alicja halten es jetzt ebenfalls mit aller Kraft fest. Jack beugt sich zu Peter herunter, hält ihn an seinen Armen fest und versucht ihn hochzuziehen.

»Du musst jetzt mitmachen und versuchen, dich mit deinen Füßen an dem Felsen hochzudrücken oder zu klettern!« sagt er mit aufgeregter Stimme zu Peter.

Peter versucht mit seinen Füßen an dem Felsen Halt zu finden, während Jack ihn hochzieht. Als sie es fast geschafft haben, bricht ein Stück des Felsens ab, auf dem Jack sich mit seinen Füßen abstützt. Beide fallen in die Tiefe. Emily, Alicja, Joe und Robert können nicht erkennen, wo sich die beiden befinden, aber sie spüren an dem Seil, dass sie nicht mehr weiter fallen.

»Wir müssen sie hochziehen!« ruft Joe mit aufgeregter Stimme.

»Hoffentlich geht es ihnen beiden gut, denn nur Jack war doch an dem Seil festgebunden«, sagt Alicja voller Sorge.

»Das werden wir gleich sehen«, antwortet Robert. »Lasst uns das Seil schnell hochziehen. Alle zusammen auf Drei. Eins, zwei drei.«

Mit aller Kraft ziehen Emily, Alicja, Robert und Joe das Seil Stück für Stück hoch. Zusammen schaffen sie es endlich und Robert und Joe helfen Jack, das letzte Stück hochzukommen. Emily kann im ersten Moment noch nicht erkennen, ob es wirklich nur Jack ist oder vielleicht auch Peter. Erst jetzt, wo sie sich ihnen nähert, sieht sie, dass es beide doch geschafft haben, denn Peter klammert sich immer noch an Jack.

»Peter«, ruft Alicja und umarmt ihn. »Ich habe mir solche Sorgen um dich gemacht und auch um Jack. Ich bin so froh, dass ihr wohlauf seid!«

Emily hingegen rennt zu Jack und umarmt ihn erleichtert. Jack aber reagiert eher verhalten auf ihre Umarmung, da er noch geschwächt ist. Daher lässt Emily schnell wieder von ihm ab und fragt, »Bist du okay?«

»Ja alles gut«, antwortet Jack mit erschöpfter Stimme und steht mit wackeligen Beinen auf. »Lasst uns schnell weiter.«

»Warte!« Emily holt aus ihrem Rucksack etwas von dem Trank heraus, den sie bei ihrer Kochstunde zusammengebraut hatten. »Nimm hiervon einen Schluck, damit du wieder mehr zu Kräften kommst.<<

Jack trinkt ein wenig von dem Trank und bedankt sich bei ihr. Emily bietet auch Peter etwas an, der es sehr gern annimmt und sich danach ebenfalls schnell wieder besser fühlt.

Jetzt machen sich die sechs Jugendlichen weiter auf den Weg entlang durch die Dunkelheit, in der Hoffnung, bald anzukommen und wieder mehr Licht sehen zu können.

Nach einer gefühlten Ewigkeit sieht Emily ein Licht am Ende des Weges.

»Ich glaube, wir haben es gleich geschafft.« Emily zeigt auf das Ende der Felsspalte und das dort zu erkennende Licht.

»Dann lasst uns jetzt besser vorsichtiger und leise sein. Denn wenn sich die Robus dahinter befinden, dann sollten wir lieber vorsichtig hier raus gehen«, antwortet Joe und geht voraus.

Am Ende der Felsspalte schaut er kurz nach rechts und links und flüstert dann zu den anderen, »Ich glaube, die Luft ist rein. Ich kann von hier aus aber noch nicht viel erkennen. Da hinten sehe ich einen kleinen Felsen, hinter dem wir uns erst einmal verstecken können, bevor wir weitergehen. Dort können wir uns auch mal ein wenig genauer umsehen.<<

>>Lasst uns dann jetzt los<<, antwortet Robert und geht vor.

Schnellen Schrittes folgen ihm die anderen, bevor sie sich dann hinter dem Felsen auf den steinigen Boden hocken. Bis auf Peter, der muss sich nach dem ganzen Abenteuer und der Aufregung, erst einmal setzen.

Jack stellt sich langsam hin und schaut sich die Gegend an. Zunächst ist alles still, aber plötzlich wird es lauter und ein lautes Poltern wird hörbar, welches sich so anhört, als würde jemand auf eine große Trommel hauen würde. Das Schallen des Polterns ist so laut, dass sich Robert, Jack, Joe, Emily, Alicja und auch Peter die Ohren zuhalten müssen, weil das Geräusch sonst zu unerträglich ist.

Jack ruft den anderen zu, >>Ich sehe sie. Es

gibt sie wirklich!«

Emily schaut jetzt auch vorsichtig über den Felsen und Robert, Alicja, Joe und Peter tun es ihr gleich.

Emily sieht sie jetzt zum ersten Mal – sie sehen genauso aus, wie die Wissenden sie beschrieben hatten. Mit schwarzen dunklen Augen, großen Flügeln und scharfen riesigen Zähnen. Sie sind mit Sicherheit 20 Meter groß und zerbeißen die Berge und Felsen Stück für Stück mit ihren großen, scharfen und spitzen Zähnen – die Robus.

Unvernunft

Während sich die anderen wieder hinter dem Felsen hinsetzen und verstecken, um das Gesehene zunächst einmal zu verarbeiten, kann Emily ihre Augen einfach nicht von den Robus lassen. Sie will alles über sie wissen, wie sie sich bewegen, wie sie aussehen, was sie machen und … ob sie vielleicht einen Robu mit ihren Gedanken beeinflussen kann. Genauso wie die Einhörner.

Jack sieht, wie genau Emily die Robus betrachtet und ihre Augen nicht von ihnen lassen kann. Daher zieht er sie schnell zu sich herunter, damit die Robus sie nicht bemerken.

»Komm auf keine gefährlichen Gedanken, bitte! Wir sind alle noch nicht soweit, um es mit einem Robu aufnehmen zu können!«

»Ja ist schon gut. Ich dachte nur…«

»Nein lass es lieber. Bevor wir alle noch in Gefahr kommen. Wir sollten jetzt lieber wieder hier verschwinden und zurückfliegen, bevor uns entweder die Robus noch entdecken oder wir von den Wissenden doch noch erwischt werden, weil wir zu spät in der Burg sind!« unterbricht Jack sie.

Dann dreht er sich zu den anderen um, um mit ihnen zu bereden, wie sie sich jetzt am besten wieder unbemerkt aus dem Staub machen können.

Emily möchte es aber zu gern einmal ausprobieren, ob sie die Robus beeinflussen kann. Sie fühlt es, dass sie es schaffen kann. Sie möchte unbedingt mehr über die Robus erfahren und wissen, wie sie gegen die Robus besser kämpfen könnten, um Nornhie zu retten. Jetzt, wo sie schon so nah an einem Robu ist, könnte sie doch…

Jack und die anderen vier Jugendlichen beratschlagen sich gerade, welchen Weg sie wieder zurücknehmen sollen, um glimpflich aus der Situation wieder herauszukommen. Emily hingegen, stellt sich wieder hin und versucht einen Robu, der nicht weit von Ihnen entfernt ist, mit ihren Gedanken zu beeinflussen.

>>Komm hier hin zu mir<<, denkt Emily immer wieder und richtet ihren Blick genau zu dem Robu.

Beim dritten Anlauf lässt der Robu plötzlich von den Felsbrocken ab und dreht sich in Emilys Richtung. Emily ist zunächst erstaunt und erschrocken. Hat es wirklich funktioniert? Kann sie den Robu vielleicht doch beeinflussen?

Beim Umdrehen bleibt es dann aber auch und der Robu macht sich wieder an die Felsbrocken, die er nur zu gern zerbeißt, um sich seinen Weg nach Fuga frei zu schaffen.

>>Ich muss näher ran<<, denkt Emily und verlässt das gute Versteck. Jetzt stellt sie sich auf eine Felsplatte direkt vor den Robu. Sie weiß natürlich, dass die Robus nicht gut sehen können, sonst wäre das auch zu gewagt. Jetzt versucht sie es nochmal.

>>Dreh dich zu mir um<<, denkt sie und schaut den Robu wieder an.

In dem Moment bemerkt Jack, dass Emily

verschwunden ist und sucht sie. Alicja, Robert, Peter und Joe bemerken es jetzt ebenfalls und schauen sich nach ihr um. Sie sehen, dass sich Emily direkt vor den Robu auf einen Felsvorsprung gestellt hat, der etwa so hoch ist, dass sie sich in Höhe der Brust des Robus befindet.

Jack versucht leise nach Emily zu rufen, aber vergebens. Der Robu dreht sich zu Emily um. Sie steht jetzt Angesicht zu Angesicht vor dem Robu.

Auf der einen Seite ist sie glücklich, dass sie ihn anscheinend mit ihren Gedanken kurz beeinflussen konnte, aber auf der anderen Seite weiß sie jetzt nicht, was sie am besten machen soll. Weglaufen? Stehen bleiben? An etwas anderes denken, um ihn weiter zu beeinflussen?

Jetzt steht sie beim Anblick des riesengroßen Robus, wie angewurzelt da und kann sich kaum bewegen. Durch die Bewegungen des Robus, fallen jedoch kleine Steinbrocken auf Emily herunter. Als sie dies bemerkt, kommt sie wieder zu sich und versucht, diesen auszuweichen.

Durch ihre Bewegungen bemerkt sie der Robu und haut mit einer Hand auf den Felsvorsprung, auf dem sie sich befindet. Dabei schreit er mit einem lauten, hoch klingenden Geräusch, das in den Ohren der sechs Jugendlichen Schmerzen bereitet.

Der Felsvorsprung bricht in Stücke und fällt Stück für Stück in die Tiefe. Emily kann sich kaum noch halten, versucht aber über die kleinen Felsstücke zu springen, um so noch schnell zu den anderen gelangen zu können. Sie kann sich nur noch kurz an einem Stein festhalten, der ebenfalls droht, nach unten zu fallen. Jack und Joe rennen daher schnell zu ihr hin und halten sie beide an ihren Händen fest. Alicja läuft ebenfalls los, aber in eine andere Richtung.

>>Kümmert ihr euch um Emily. Ich lenke ihn ab!<< ruft sie den anderen zu und rennt schreiend nach rechts, um den Robu abzulenken. Dies gelingt ihr auch, sodass der Robu von

Emily ablässt und jetzt Alicja folgt.

Jack und Joe schaffen es, Emily hochzuziehen, bevor auch noch der letzte Stein in die Tiefe fällt.

>>Danke<<, stammelt Emily erschöpft heraus.

Erst jetzt bemerkt sie, wie Alicja von Felsen zu Felsen springt und wie weit sie überhaupt springen kann. Beim letzten Felsen, der sich gegenüber von Joe, Jack, Robert, Peter und Emily befindet, hört der Weg jedoch auf.

>>Hilfe<<, ruft Alicja den anderen zu, denn der Robu stellt sich jetzt vor ihr auf und versucht sie mit seinem großen Maul zu fangen.

>>Wir müssen ihr schnell helfen,<< ruft Emily den anderen zu.

>>Wartet, ich versuche etwas<<, sagt Robert. Mit seinen Händen erzeugt er plötzlich einen Wirbelsturm, der sich zwischen Alicja und den Robu stellt.

>>Los Alicja, komm wieder zurück<<, ruft Robert Alicja zu.

»Ich kann nicht.«

Die Felsvorsprünge, auf denen Alicja zuvor gesprungen war, sind jedoch zum Teil so durch den Robu zerstört worden, dass sie jetzt keine Möglichkeit mehr hat, wieder zu den anderen zu gelangen. Sie sitzt einfach fest.

»Ich kann den Wind nicht mehr lange beeinflussen«, ruft Robert.

Emily überlegt, wie sie Alicja helfen kann. Wenn sie doch nur ein Einhorn hier hätte, dann würde sie mit diesem zu Alicja hinfliegen und sie aus der Misere befreien.

»Das ist es!«

Wenn es ein Einhorn schafft, diesen Weg durch die Berge zu den Robus zu finden, dann Luzerno. Denn nur er ist so furchtlos, dass er vor nichts Angst hat. Zudem kann er zwischen den Bergen durch die engsten Felsspalten fliegen.

Emily fragt sich, ob er wohl auf ihre Gedanken hört, wenn sie ihn versucht zu rufen, denn er hat ja seinen ganz eigenen Kopf. Aber einen

Versuch ist es wert! Sie haben eh keine andere Wahl. Irgendwie müssen sie hier wieder raus und das so schnell wie möglich! Emily denkt jetzt nur an Luzerno und hofft, dass ihre Gedanken auch so weit reichen, dass er sie hört.

Währenddessen lassen Roberts Kräfte nach und der Wirbelsturm wird immer kleiner. Zudem stampft der Robu mit seinen großen Füßen auf den steinigen Boden. Mit jedem Tritt bebt die Erde und Steinbrocken fallen von den Bergen herunter.

Robert, Joe, Jack und Emily müssen jetzt selbst aufpassen, dass sie nicht von den Steinbrocken getroffen werden und versuchen an der Felswand Schutz zu finden. Peter, der sich schon die ganze Zeit hinter dem Felsen versteckt hat, muss sich jetzt ebenfalls an der Felswand in Sicherheit bringen. Seine Angst ist ihm förmlich anzusehen.

Robert kann den Wirbelsturm jetzt nicht mehr aufrechterhalten und dieser wird zunehmend kleiner.

>>Luzerno wo bleibst du nur? Wir brauchen dich jetzt!<<, denkt Emily.

Plötzlich taucht Luzerno am Himmel auf und fliegt direkt in die Nähe von Emily. Aber nicht nur Luzerno, sondern auch zwei weitere Einhörner, mit denen sie zu den Bergen geflogen sind, hat er mitgebracht.

Emily überlegt nicht lange, rennt zu Luzerno und springt direkt auf ihn drauf.

>>Bin ich froh, dass du hier bist, Luzerno<<, sagt sie kurz und klopft ihm auf den Hals. >>Und jetzt los zu Alicja!<<

Luzerno fliegt an dem Robu vorbei, der erneut versucht, nach Alicja mit seinen großen, scharfen Zähnen zu schnappen.

>>Alicja, schnell gib mir deine Hand!<< ruft Emily laut Alicja zu.

Luzerno fliegt mit einem Sturzflug zu Alicja. Mit einer Hand hält sich Emily so fest sie kann an seiner Mähne fest. Ihre andere Hand streckt sie zu Alicja aus. Im letzten Moment schafft sie es, nach Alicjas Hand zu greifen und zieht sie auf Luzerno drauf. Luzerno fliegt wieder steil nach oben und entgeht nur kurz den scharfen Zähnen des Robus.

Joe, Jack, Peter und Robert sind inzwischen auf die anderen zwei Einhörner gesprungen, und fliegen in verschiedene Richtungen, um den Robu zu verwirren und abzulenken.

>>Folgt uns!<< ruft Emily den anderen zu, denn sie ist sich sicher, dass Luzerno den Rückweg kennen muss.

Joe und Peter sowie Jack und Robert fliegen jetzt mit ihren Einhörnern Luzerno hinterher, welcher direkt auf eine sehr schmale Felsspalte zwischen den Bergen zufliegt.

Der Robu ist jetzt sehr wütend und breitet seine 5 Meter langen Flügel aus, um zum Flug anzusetzen. Er folgt Ihnen mit großen langen Flügelschlägen und ist dabei sehr schnell. Alicja schaut nach hinten zu dem Robu.

>>Er kommt uns immer näher!<< sagt sie ängstlich, >>Emily, meinst du wir schaffen das durch die Felsspalte? Die Einhörner passen da

doch gar nicht durch!<<

>>Wir müssen! Wir haben keine andere Wahl. Halt dich gut fest!<< Emily krallt sich jetzt fest in Luzernos Mähne.

Alicja schließt ihre Augen und umschlingt Emilys Hüfte. Kurz vor der Felsspalte dreht sich Luzerno auf die Seite, um so mit seinen Flügeln durch die dünne Felsspalte zu passen. Die anderen Einhörner tun es ihm gleich und entgehen so dem Maul des Robus, welcher aufgrund seiner Größe, nicht durch diese Felsspalte hindurchpasst.

Nach einigen Kilometern des seitlichen Fliegens, kommen sie endlich wieder auf der anderen Seite der Berge an. Emilys und Alicjas Kraft reichte gerade noch so aus, um sich so lang an Luzerno festzuhalten, bis er wieder gerade fliegen kann.

Emily schaut sich kurz um und sieht, dass auch die anderen wohlauf sind. Sie ist erleichtert, dass es allen gut geht. Unter ihnen befindet sich wieder das Dorf Fuga. Hier ist alles wieder so ruhig, friedlich und wunderschön, so, als ob nichts gewesen wäre.

>>Alicja, du kannst wieder deine Augen öffnen. Wir haben es geschafft<<, sagt Emily erleichtert.

Alicja öffnet ihre Augen. >>Wirklich? Und wie geht's den anderen?<<

>>Denen geht's auch gut. Jetzt aber schnell wieder zur Burg zurück, bevor die Wissenden bemerken, dass wir nicht da sind.<<

Luzerno fliegt auf direktem Wege zum Burggarten, wo er Emily und Alicja dann absetzt. Auch Jack, Joe, Robert und Peter kommen nach einiger Zeit im Burggarten an und steigen von ihren Einhörnern ab.

Bevor sie wieder zurück in die Burg gehen, streichelt und bedankt sich Emily nochmals bei Luzerno.

>>Danke, Luzerno. Ich weiß nicht, was wir ohne dich hätten machen sollen. Vielen lieben Dank!<<

>>Kommt jetzt, lasst uns schnell auf unsere Zimmer, bevor die Wissenden wach werden<<, drängt Joe.

Die sechs Jugendlichen rennen zur Falltür auf der Wiese, durch die sie auch auf dem Hinweg gekommen sind. Emily ist die letzte, die durch die Tür steigt. Sie dreht sich noch einmal zu Luzerno um und lächelt ihm zu, bevor er wieder zum Fliegen ansetzt.

Der Abschied

Alicja und Emily stehen aus ihren Betten auf. Nach der aufregenden Nacht bei den Robus, haben sie nur kurz noch schlafen können und sind jetzt immer noch sehr müde. Dennoch machen sie sich für das Frühstück fertig und gehen anschließend zu dem Jungenzimmer, um heute mit ihnen gemeinsam zum Frühstück zu gehen. Robert, Jack, Peter und Joe warten bereits auf sie.

»Guten Morgen«, begrüßen Alicja und Emily die anderen. Diese erwidern die Begrüßung sichtlich angeschlagen von der durchgemachten Nacht und dem wenigen Schlaf. Nur langsam machen sich die sechs Jugendlichen auf den Weg zum Frühstückraum. Auf halber Strecke bleibt Emily jedoch stehen.

»Wartet bitte mal!«

Jetzt bleiben auch die anderen stehen.

»Was ist denn Emily?« fragt Jack.

»I…ich wollte mich nur bei euch entschuldigen.

Es war nicht richtig, dass ich euch alle so in Gefahr gebracht habe in der letzten Nacht, nur weil ich es unbedingt wissen wollte, ob meine Kraft bereits ausreicht. Ich war unvernünftig und es tut mir wirklich sehr leid. Ich hoffe, ihr könnt mir nochmal verzeihen.<<

Jack lächelt sie an. >>Mach dir keine Gedanken, ist doch alles nochmal gut gegangen.<<

>>Das stimmt<<, sagt Robert. >>Und etwas Gutes hatte es doch. Die meisten von uns konnten ihre Fähigkeiten endlich mal in Action anwenden – ist doch super! Das beste Training!<<

Alicja nimmt Emily in den Arm. >>Alles ist gut. Wir hätten das auch nicht machen müssen. Außerdem sind wir alle wohlauf. Nur das zählt doch. Und jetzt sollten wir uns erst einmal alle auf unser Zuhause freuen und den letzten halben Tag noch zusammen genießen, bevor wir abreisen und uns erst einmal eine Zeit lang nicht sehen werden.<<

>>Danke, dass ihr alle trotzdem so lieb zu mir

seid. Ich verspreche euch, das war eine Ausnahme und kommt nie wieder vor<<, Emily erwidert Alicjas Umarmung.

>>Wollt ihr hier Wurzeln schlagen?<< fragt Erusius, der gerade durch den Flur gelaufen kommt, um selbst zum Frühstück zu gehen.

>>Und Peter, hast du noch keinen Hunger? Oder führt ihr hier etwas im Schilde?<< fügt er hinzu und schaut Peter eindringlich an.

Peter verstummt zunächst, aber dann antwortet er, >>N…nein. I…ich meine doch.<<

Erusius lacht. >>Na was denn jetzt, hast du Hunger oder keinen Hunger?<<

>>Doch natürlich<<, sagt Peter jetzt laut und deutlich.

>>Na dann, worauf warten wir noch. Das Frühstück wartet bestimmt schon auf uns. Außerdem müsst ihr später doch noch packen und heute Mittag geht es für euch alle dann erst einmal wieder nach Hause.<< Erusius geht voraus und die sechs Jugendlichen folgen ihm jetzt.

Das Frühstück ist mal wieder sehr lecker. Es gibt wirklich alles, was man sich zum Frühstück wünscht. Zum Einhorn geformte Brötchen, Brot, Eier, Marmelade, Honig, Schokoladencreme, Wurst, Käse, aber auch Äpfel, Bananen, Müsli, Tomaten und Weintrauben sind vorhanden.

Emily ist immer wieder erstaunt, wie schön und vielfältig das Frühstück ist und wie toll die Brötchen und das Brot geformt werden. Das Essen wird sie hier definitiv vermissen. Aber nicht nur das. Auch ihre neu gewonnenen Freunde und natürlich auch Erusius und Luzerno.

»Ihr Lieben«, Arus erhebt sich von seinem Stuhl. »Ich möchte mich zunächst einmal bei euch bedanken, dass ihr das erste halbe Jahr so gut mitgemacht habt. Es ist ja nicht selbstverständlich, dass ihr euch dazu entschlossen habt, hierher zu kommen, um diese bedeutungsvolle Aufgabe wahrzunehmen, uns zu helfen und Nornhie vor noch Schlimmeren zu bewahren.

Ich bin begeistert, was mir meine Kollegen immer wieder erzählen, welche Fortschritte ihr jetzt schon gemacht habt. Zudem bin ich gespannt, was ihr im nächsten halben Jahr noch alles dazu lernen werdet und wie ihr das umsetzt. Ich möchte mich aber auch bei den anderen Wissenden bedanken für die ganze Arbeit und den Unterricht, um euch das Wissen, welches wir haben, zu vermitteln. Nur wenn wir alle zusammenhalten, können wir es mit den Robus aufnehmen und auch das letzte Dorf Fuga vor diesen beschützen. Ich hoffe, nein, ich weiß, wir werden es gemeinsam schaffen, wenn wir alle zusammenhalten und unsere Kräfte vereinen. Lasst uns somit das Frühstück heute noch gemütlich ausklingen lassen, bevor ihr dann eure Koffer packt und euch zur Mittagszeit nach Hause begebt. Ich wünsche euch ganz wundervolle Ferien und eine schöne Zeit mit euren Familien und Freunden. Aber ich freue mich auch, wenn ich euch nach den Ferien hier wieder begrüßen darf.<<

Arus setzt sich wieder hin und erhält von den Wissenden, und auch von Joe, Jack, Robert,

Alicja, Peter und Emily Beifall.

Nach dem Frühstück begeben sich alle auf ihre Zimmer, um die Sachen zu packen. Alicja strahlt die ganze Zeit über beide Ohren.

>>Ich freue mich so sehr auf Zuhause, meine Familie und Freunde. Du auch, Emily?<<

>>Ja, irgendwie schon, aber ich glaube ich werde auch einiges hier vermissen.<< Emily ist nachdenklich. >>Alicja, ich glaube ich habe unten noch etwas vergessen. Ich bin gleich wieder zurück.<<

>>Okay.<<

Emily möchte sich vor ihrer Abreise auch noch von Luzerno verabschieden. Schließlich hat er Ihnen in der letzten Nacht das Leben gerettet.

Schnell rennt sie über den Flur in den Burggarten. Sie stellt sich auf die große, weite und grüne Wiese. Es ist alles so ruhig, nur die Vögel sind zu hören. Ganz anders als in der letzten Nacht bei den Robus. Wenn es doch nur immer so wäre.

Emily versucht mit ihren Gedanken Luzerno zu rufen. Vielleicht ist er in der Nähe und kann sie hören. Sie versucht es bestimmt 10 Minuten lang, aber leider ist er weit und breit nicht zu sehen.

Plötzlich bemerkt sie, dass jemand neben ihr steht.

>>Emily, ich habe mir schon gedacht, dass ich dich hier noch einmal finden werde, bevor du abreist.<<

Es ist Erusius, der sie mit einem Lächeln begrüßt. >>Du siehst irgendwie bedrückt aus.<<

>>Ja, ich wollte mich eigentlich noch von jemanden verabschieden, aber ich glaube, er möchte nicht oder ist zu weit weg.<<

Erusius legt seinen Arm um sie. >>Du weißt doch, Luzerno hat seinen eigenen Kopf. Aber er wird dich überall hören können. Egal wo er sich gerade befindet. Also kannst du dich auch so von ihm verabschieden. Außerdem wirst du ihn nach den Ferien wiedersehen, falls du wiederkommen möchtest. Hast du eigentlich bereits eine Entscheidung nach diesem halben Jahr für dich getroffen?<< Erusius schaut sie jetzt erwartungsvoll an.

>>Ja, habe ich. Ich werde wiederkommen und versuchen, euch so gut es geht darin zu unterstützen, Nornhie zu retten. Ich weiß nicht, ob ich etwas dazu beitragen kann und ob meine Fähigkeit ausreichen wird, aber ich möchte es auf jeden Fall versuchen.<<

>>Das ist schön<<, antwortet Erusius sichtlich erleichtert. >>Dann lass uns jetzt lieber deine Koffer holen, bevor du noch zu spät zur Abreise kommst.<<

Erusius geht zur Burgtür und Emily folgt ihm enttäuscht. Sie hatte gehofft, dass Luzerno doch noch kommt, aber anscheinend hat er sich anders entschieden.

An der Burgtür sagt Erusius plötzlich zu Emily, >>Schau mal. Ich glaube, da will sich doch noch jemand von dir verabschieden.<<

Emily dreht sich um und sieht, wie Luzerno mitten auf der Wiese im Burggarten landet. Sie lacht Erusius an und rennt dann zu Luzerno und umarmt ihn.

>>Danke Luzerno für alles<<, flüstert sie Luzerno zu. >>Ich verspreche dir, dass ich bald wiederkomme und euch alle nicht im Stich lassen werde. Du wirst mir sehr fehlen.<<

Luzerno schnaubt und neigt sich zu ihr herunter, sodass sie ihn besser umarmen kann.

>>Jetzt müssen wir aber so langsam los, Emily!<< ruft Erusius ihr zu.

>>Ich muss jetzt leider los. Bitte pass auf dich auf Luzerno.<<

Emily streichelt ihn nochmal kurz am Hals und läuft dann zu Erusius, um ihre Koffer für die Abreise zu holen.

Die Abreise

Emily kommt mit ihrem Koffer aus der Burgeingangstüre heraus. Sie sieht, wie sechs Kutschen vor der Burg stehen, vor denen jeweils ein Einhorn gespannt ist.

Auch die jeweiligen Wissenden, die sie ausgebildet haben, stehen vor den Kutschen und warten auf ihre Schützlinge.

Joe, Jack, Alicja, Peter und auch Robert haben bereits ihre Koffer in den Kutschen verstaut. Emily tut es Ihnen gleich. Sie möchte sich aber noch gern von den anderen verabschieden, denn nach dem halben Jahr wird ihr die gemeinsame Zeit mit ihren neu gewonnenen Freunden, bestimmt sehr fehlen.

>>Dann sag ich mal, bis nach den Ferien. Ihr seid doch dann alle wieder dabei, oder?<< fragt Joe.

>>Natürlich<<, antworten die anderen.

>>Super dann passt gut auf euch auf!<< Joe winkt den anderen noch zu und steigt dann in

seine Kutsche ein. Auch Peter verabschiedet sich und tut es Joe gleich.

Robert dreht sich zu Alicja um. »Dann wünsche ich dir schöne Ferien. I...ich hoffe, du bist wirklich nach den Ferien wieder dabei?«

»Natürlich. Ihr werdet mir ja alle fehlen und ich freue mich auch schon auf das nächste halbe Jahr mit euch allen!«

»Ähm...ich weiß, wir wohnen nicht gerade nebeneinander und auch nicht in derselben Stadt, aber falls du mal Langeweile hast oder jemanden zum Reden brauchst, dann kannst du dich jederzeit bei mir melden.« Robert drückt Alicja einen Zettel in die Hand, auf dem er seine Telefonnummer und Adresse aufgeschrieben hat.

Alicja errötet und stammelt nur ein »Danke« heraus. Sie umarmt ihn kurz und verabschiedet sich dann auch von Jack und Emily, bevor sie sich ebenfalls in die Kutsche nach Hause setzt.

Robert ist nach Alicjas Umarmung zunächst

perplex, aber auch glücklich. Nachdem er sich wieder gefangen hat, dreht er sich zu Jack und Emily um.

>>Macht es gut ihr beiden. Wir sehen uns dann?<<

>>Ja, das machen wir<<, antwortet Jack.

>>Auf jeden Fall!<< stimmt Emily hinzu.

Dann steigt auch Robert ein.

Jetzt stehen sich nur noch Emily und Jack gegenüber.

>>Danke noch einmal für alles, Jack. Ich weiß gar nicht, was ich in diesem halben Jahr ohne deine Hilfe gemacht hätte. Ich will nur, dass du das auch weißt!<<

>>Habe ich doch gern gemacht. Wir sehen uns dann nach den Ferien wieder, oder?<<

>>Ja werden wir. Ich möchte euch nicht im Stich lassen und auch nicht die ganzen lieben Menschen und Wesen, die ich hier kennenlernen durfte. Ich werde definitiv wiederkommen. Auch wenn ich mir nicht sicher bin, ob meine

Fähigkeit reichen wird.<<

>>Das ist schön. Dann komm gut nach Hause, Emily.<<

>>Du auch, Jack.<<

Jack dreht sich um und begibt sich zu seiner Kutsche.

>>Warte Jack<<, Emily rennt noch kurz zu Jack und umarmt ihn.

Heimlich steckt sie ihm einen Zettel in seine Jackentasche. Jack erwidert kurz ihre Umarmung, lässt dann aber wieder von ihr ab, da Emily sich jetzt selbst schnell zu ihrer Kutsche begeben und einsteigen muss.

Die Wissenden schließen die Türen der Kutschen und Arus, der vor den Kutschen steht, spricht noch ein letztes Mal vor ihrer Abreise zu Ihnen.

>>Ihr werdet nachts bei euren Familien ankommen, damit kein anderer die Einhornkutschen sieht. Bitte steigt dann schnell aus, damit die Einhörner wieder direkt

zurückfliegen können und begebt euch zu euren Familien. Ich freue mich, euch nach den Ferien wiederzusehen. Und jetzt wünsche ich euch eine gute Heimreise!<<

Erusius dreht sich noch kurz zu Emily um.

>>Ich freue mich wirklich sehr, dass du nach den Ferien wieder zu uns kommen wirst! Pass bitte bis dahin gut auf dich auf und ich verspreche dir, dass ich gut auf Luzerno achten werde!<<

>>Ich freue mich auch. Danke Erusius.<< antwortet Emily und schenkt ihm ein Lächeln.

Emily denkt darüber nach, was sie wohl im nächsten halben Jahr in Nornhie erwarten wird. Sie hat noch so viele Fragen und vieles ist noch ungewiss.

Aber sie hat bei der Begegnung mit dem Robu gemerkt, dass sie es nur gemeinsam schaffen können. Alle sechs zusammen, mit all ihren Fähigkeiten.

Sie hat hier viele neue Freunde gefunden und wunderschöne Wesen, die sie nicht im Stich lassen möchte. Daher freut sie sich schon jetzt darauf, nach den Ferien wieder nach Nornhie zurückkehren zu können.

Das Einhorn vor Emilys Kutsche rennt los und zieht die Kutsche hinter sich her. Emily merkt, wie es nach kurzer Zeit in die Lüfte abhebt – auf direktem Wege nach Hause zu ihren Eltern und Geschwistern.

Ende